कपालकुंडला

कपालकुंडला

लेखक

बंकिमचंद्र चटर्जी

संपादिका : साक्षी पटेल

SANAGE
PUBLISHING HOUSE

Paperback: 978-811962397-6

Sanage Publishing House LLP
Mumbai, India

sanagepublishing@gmail.com

कपालकुंडला का दुविधा भरा सफर

कपालकुंडला उपन्यास बंकिमचंद्र चटर्जी के सर्वश्रेष्ठ उपन्यासों में से एक है। इस उपन्यास की कथावस्तु एक थ्रिलर फिल्म की तरह ही है। जैसे फिल्म में सीन दर सीन जिज्ञासा बनी रहती है, ठीक वैसे ही पन्ने दर पन्ने आप सांसें थामे रहते हैं। पुस्तक की शुरुआत के साथ ही आप इसकी कथावस्तु से बंध जाते हैं और इसे तब तक नहीं छोड़ते जब तक इसके मूल यानी अंत तक नहीं पहुँच जाते।

यदि उपन्यास के परिवेश की बात करें तो आधुनिक समय के मेदिनीपुर जिले (पश्चिम बंगाल) जहाँ बंकिम चंद्र ने डिप्टी मजिस्ट्रेट और डिप्टी कलेक्टर की नौकरी की थी, इस पर आधारित है।

उपन्यास की शुरुआत भी बहुत रहस्यमयी तरीके से होती है – "लगभग दो सौ साल पहले एक दिन माघ मास के अंतिम पहर में एक यात्री–नौका गंगासागर में आ रही थी। पुर्तगाली व अन्यान्य जल दस्युओं के डर से उन दिनों यह नियम था की यात्री–नौकाएँ दल बनाकर ही यातायात करती थीं। मगर यह नौका अकेली थी, इसका कारण यह था कि रात के अंतिम पहर में गहन कुहासे से सारा वातावरण भर गया था और नाविक पथ भूलकर काफिले से अलग पड़ गए थे। इस समय वह किस दिशा में कहाँ जा रहे थे इसका कोई ठोर-ठिकाना नहीं था।"

इस उपन्यास को मोटे तौर तीन भागों में बांटा जा सकता है, पहले भाग में– कापालिक को रहस्यमय तरह से तांत्रिक पूजा करते हुए दिखाया गया है, जिसमें वह नवकुमार की बलि देना चाहता है, लेकिन कपालकुंडला उसे बचा लेती है।

दूसरा – नवकुमार और कपालकुंडला विवाह करके साथ रहने लगते हैं और इसी बीच मोतीबाई से नवकुमार की मुलाकात होती है। मोतीबाई अपना वास्तविक परिचय देती है, किंतु नवकुमार उसके साथ रहने से इनकार कर देता है।

तीसरा – मोतीबाई और कापालिक कपालकुंडला से बदला लेने के लिए षड्यंत्र रचते हैं, किंतु मोतीबाई पीछे हट जाती है तब कापालिक नवकुमार को कपालकुंडला के चरित्र पर संदेह करने के लिए परिस्थितियों का ऐसा जाल बुनता है, जिसमें उलझ कर नवकुमार स्वयं कपालकुंडला को कापालिक के पास ले जाता है।

स्त्री प्रधान उपन्यास होने के कारण यह उपन्यास कपालकुंडला के जीवन के इर्द-गिर्द घूमता है। इसके बाद कापालिक ही उपन्यास में सबसे प्रमुख पात्र है। सीमित चरित्रों के माध्यम से अपनी बात रखना और उपन्यास को आगे बढ़ना आसान काम नहीं है, किंतु बंकिमचंद्र के लिए मुश्किल भी ना था। पूरा उपन्यास ताश के पत्तों की तरह एक के बाद एक धीरे-धीरे अपना रहस्य खोलता है। उपन्यास में एक ओर जहाँ रहस्य, प्रेम, षड्यंत्र और इतिहास का सुंदर चित्रण देखने को मिलता है तो दूसरी ओर उपन्यास के दुखांत से पाठक को निराशा भी होती है। बावजूद इन सबके यह उपन्यास अपनी श्रेणी का क्लासिक कहा जाता है।

- साक्षी पटेल

अनुक्रमणिका

प्रथम खंड

द्वितीय खंड

तृतीय खंड

चतुर्थ खंड

प्रथम खंड

नवकुमार ने सुन रखा था कि कापालिक लोग मंत्र-बल से असाध्य को साध लेने में सक्षम होते हैं। इस कारण उनके आदेश का उल्लंघन करना अनुचित होगा। यह सोचकर नवकुमार ने आखिरकार कुटी में ही बैठे रहना तय कर लिया, किंतु धीरे-धीरे दोपहर का वक्त हो आया, फिर भी कापालिक वापस नहीं आया। पूरे दिन का उपवास और अब तक ढंग से कुछ खाया-पिया भी नहीं था, सो उनकी भूख अत्यंत प्रबल हो उठी थी।

नवकुमार ने देखा कि रमणी मुंह पर उंगली रखकर इशारा कर रही है। वे समझ गए कि रमणी बात करने को मना कर रही है। निषेध का अधिक प्रयोजन भी न था। नवकुमार क्या कहते? वे आश्चर्य से खड़े रह गए। कापालिक यह सब कुछ देख नहीं सका था। वह क्रमशः आगे बढ़ता ही गया। उसके कुछ दूर चले जाने पर रमणी ने धीमे स्वर में कुछ कहा। नवकुमार के कानों में उन शब्दों ने प्रवेश किया। ये शब्द थे– "कहां जाते हो? न जाओ, लौटो-भागो।"

1

सागर संगम में

लगभग दो सौ पचास साल पहले एक दिन माघ मास के अंतिम प्रहर में एक यात्री-नौका गंगासागर में आ रही थी। पुर्तगाली व अन्यान्य जल दस्युओं के डर से उन दिनों यह नियम था कि यात्री-नौकाएं दल बनाकर ही यातायात करती थीं, मगर यह नौका अकेली थी। इसका कारण यह था कि रात के अंतिम प्रहर में गहन कुहासे से सारा वातावरण भर गया था और नाविक पथ भूलकर काफिले से अलग पड़ गए थे। इस समय वे किस दिशा में कहां जा रहे थे, इसका कोई ठिकाना नहीं था।

नौका में सवार अधिकांश लोग सो चुके थे। एक वृद्ध और एक युवा व्यक्ति केवल यही दो लोग थे, जो जगे हुए थे।

वृद्ध व्यक्ति व युवक आपस में बातचीत कर रहे थे। बीच में बातचीत रोककर वृद्ध ने नाविकों से पूछा– "मांझी, आज कितनी दूर तक चलोगे?"

मांझी ने टालते हुए कहा– "क्या पता?"

वृद्ध क्रोधित होकर मांझी को भला-बुरा कहने लगा।

युवक बोला– "महाशय, जो भगवान के हाथ में है, उसके बारे में तो ज्ञानी भी नहीं बता सकता, फिर यह मूर्ख क्या बताएगा? आप ख्वामखाह परेशान न हों।"

वृद्ध आवेशित स्वर में बोला– "परेशान न हूँ, क्या कहते हो, उधर गांव से पाजी लोग बीस-पच्चीस बीघे का धान काटकर ले गए हैं, बाल-बच्चे अकाल में खाएंगे क्या?"

यह खबर उन्हें गंगासागर में स्नान कर लेने के बाद गांव से आए अन्य नए यात्रियों से मिली थी।

युवक बोला– "मैंने तो पहले ही कहा था कि महाशय के घर में देखभाल करने वाला अन्य कोई नहीं, तो महाशय का आना उचित नहीं था।"

वृद्ध उसी तरह आवेशित स्वर में बोला– "आता कैसे नहीं पूरी जिंदगी बीत गई, अब जाकर तो मौका मिला था। अब भी परलोक के काम नहीं करूंगा तो कब करूंगा?"

युवक बोला– "अगर शास्त्रों को ठीक से समझा जाए तो तीर्थ दर्शन से ही परलोक का काम सिद्ध नहीं होता, बल्कि घर बैठकर भी हो सकता है।"

वृद्ध ने पूछा– "तो तुम क्यों आए?"

युवक ने उत्तर दिया– "मैंने तो पहले ही बताया था समुद्र देखने की बड़ी इच्छा थी, इसलिए आया था।" फिर वह धीमे स्वर में कहने लगा– "आह! जो कुछ देखा, उसे जन्म-जन्मांतर तक भूल नहीं सकूंगा।"

***"दूरादयश्चक्रनिभिश्य तन्वी तमालतालीवनराजि नीला।
आभाति बेला लवण्याम्बुराशेर्द्धारानिद्धेब कलंकरेखा।"***

वृद्ध का उसकी बातों की ओर ध्यान नहीं था, वह तो नाविकों की आपसी बातें सुनने में लीन था।

एक नाविक दूसरे से कह रहा था– "अरे भाई, यह तो बहुत बुरा हुआ। इस समय हम बाहरी समुद्र में आ पड़े हैं या किसी विदेश में यही समझ में नहीं आ रहा है।" कहने वाले का स्वर भय से कांप रहा था।

वृद्ध को लगा, कोई भारी विपदा जरूर आने वाली है। जब शंका से चित अस्थिर होने लगा तो पूछा– "मांझी, क्या हुआ? क्या बात है?"

मांझी ने कोई उत्तर नहीं दिया, मगर युवक उत्तर की अपेक्षा किए बिना बाहर निकल आया। देखा, लगभग सुबह हो आई थी। कुहासा घना हो गया था। आकाश, तारे, चांद और किनारे-किसी ओर कुछ भी नजर नहीं आ रहा था। उसे समझते देर नहीं लगी कि नाविक रास्ता भटक गए हैं। इस समय नौका कहां जा रही है-इसका भी उन्हें ज्ञान नहीं था। वे इसी आशंका से डरे जा रहे थे कि बाहरी समुद्र में पड़कर कहीं मर ही न जाएं।

नमी से बचने के लिए सामने परदा तना हुआ था, इसलिए नौका के अंदर पड़े यात्री इस बारे में कुछ भी जान नहीं पाए थे। युवक ने बाहर आकर सारी स्थिति पलक झपकते ही भांप ली और वृद्ध को सूचित कर दिया।

युवक की बात सुनते ही नौका में हाहाकार मच गया। जो थोड़ी-बहुत औरतें वहां थीं, उनमें अब तक न जाने कैसी-कैसी बातें चल रही थीं, मगर युवक की बात सुनते ही वे भी चीखने-चिल्लाने लगीं।

वृद्ध घबराकर बोला– "किनारे चलो! किनारे चलो! किनारे चलो।"

युवक धीरे से हंसकर बोला– "किनारा कहां? यही मालूम होता तो विपदा क्यों आती?"

इतना सुनते ही यात्रियों में और भी कोलाहल बढ़ गया।

युवक ने किसी तरह उन्हें शांत किया और नाविकों से कहा– "इसमें संदेह की कोई गुंजाइश नहीं कि सुबह हो गई है-चार-पांच दंडों में ही सूर्योदय हो जाएगा। इतने-से समय में नौका डूबी नहीं जा रही है। तुम लोग इसी समय पतवार चलाना बंद कर दो, प्रवाह के सहारे नौका जहां बहती है, बहने दो। बाद में जब धूप खिलेगी तो सलाह-मशवरा करेंगे।"

नाविकों ने युवक की बात मान ली और नौका को प्रवाह के सहारे छोड़ दिया।

काफी देर तक नाविक चुप बैठे रहे। यात्रियों का डर के मारे बुरा हाल था। हवा ज्यादा तेज नहीं थी, सो लहरों की तरंगों का कंपन किसी को महसूस नहीं हो रहा था। हां, सभी को यह जरूर लग रहा था कि मौत निकट ही है। निःशब्द भाव से दुर्गानाम का जाप कर रहे थे, औरतें ऊँचे सुर में विविध शब्दोच्चार करती हुई रो रही थीं। एक औरत गंगासागर में संतान विसर्जन करने आई थी केवल वही रो नहीं रही है।

इंतजार करते-करते अनुमानत: एक प्रहर बेला हो आई। उसी समय अकस्मात् नाविकों ने सागर के पांच पीरों का जयघोष करके खूब शोर मचा दिया। यात्री पूछने लगे– "क्या हुआ-क्या हुआ, माझियो?"

मांझी एक साथ बोल पड़े– "धूप निकल आई, धूप निकल आई। देखो कुहासा छंट गया।"

सारे यात्री उत्सुकता से नौका से बाहर आकर देखने लगे कि बाहर का क्या हाल है और वे कहां पहुंचे हैं? सूर्य निकल आया था। कुहासे के घने धुंधलके से सारा वातावरण मुक्त हो चुका था। लगभग एक प्रहर बीतने की बेला थी।

नौका जिस स्थान पर आ पहुंची थी, वह प्रकृत महासमुद्र नहीं, बल्कि नदी का मुहाना मात्र था, किंतु उस नदी का जो विस्तार था, वैसा विस्तार कहीं और संभव नहीं था। नदी का एक किनारा जरूर नौका के पास ही था लगभग पचास

हाथ की दूरी पर मगर दूसरे किनारे का दूर-दूर तक चिह्न नहीं था। जिधर भी नजर जाती, उधर अनंत जलराशि सूरज की रोशनी में चमकती हुई गगन से गगन तक जा मिली थी। पास वाले किनारे का पानी मटमैला था, जबकि दूसरे किनारे का पानी नीलवर्ण।

यात्रियों की निश्चित धारणा यह बनी कि वे लोग अवश्य ही महासमुद्र में जा पहुंचे थे, मगर उनका सौभाग्य कि किनारा पास ही है और विपदा की आशंका समाप्त! सूर्य की ओर देखकर दिशा का अनुमान लगाया। पास ही जो किनारा नजर आ रहा था, उसे सबने समुद्र का पश्चिमी तट मान लिया। तट के बीचोबीच नौका से कुछ ही दूर नदी के मुख से मंदगामी स्रोत निकलकर समुद्र में मिल रहा था। संगम स्थल के दक्षिणी पार्श्व में विशाल रेतीला मैदान फैला हुआ था। वहां विभिन्न प्रकार के पक्षी नानाविध क्रीड़ाओं में मग्न थे। यह नदी अब 'रसूलपुर की नदी' कहलाती है।

2

किनारे पर

यात्रियों की स्फूर्तिदायक बातें खत्म हुईं तो नाविकों ने प्रस्ताव रखा या कि ज्वार आने में चूंकि अभी कुछ देर है, इसलिए इस अवधि में यात्री सामने वाली बालू भूमि पर खाना-पीना कर लें। यात्रियों ने यह सुझाव तत्काल मान लिया।

नाविकों ने नौका किनारे से बांध दी। यात्री नीचे उतरकर स्नानादि प्रातः कृत्यों में लग गए।

स्नानादि के बाद जब खाना बनाने की तैयारी की जाने लगी तो एक नई मुसीबत आ खड़ी हुई। पता चला कि नौका में चूल्हा जलाने को लकड़ी नहीं। बाघ के डर से कोई भी जंगल में जाकर लकड़ी तोड़ लाने को राजी नहीं हुआ। अंत में सबको उपवास की तैयारी करते देख वृद्ध ने युवक से कहा– "भैया नवकुमार! तुम्हीं कोई उपाय कर सकते हो, वरना हम सब मारे जाएंगे।"

नवकुमार कुछ देर सोचने के बाद बोले "ठीक है, मैं लकड़ी लेने जाऊंगा। कुल्हाड़ी दो और एक आदमी दरांती लेकर मेरे साथ चले।"

मगर नवकुमार के साथ जाने को कोई तैयार नहीं हुआ।

"खाने के समय समझ लूंगा?" इतना कहकर नवकुमार कमर कसकर अकेला ही हाथ में कुल्हाड़ी थामे लकड़ी लेने जंगल में चल पड़ा।

रेतीली चढ़ाई पार कर नवकुमार ने देखा, जितनी दूर तक नजर जा रही है. बस्ती का कोई लक्षण नहीं सिर्फ जंगल ही जंगल, जंगल भी ऐसा जो बड़े-बड़े पेड़ों से आच्छादित नहीं था, बल्कि कहीं-कहीं छोटे-छोटे पौधों के छुटपुट झुंड खड़े थे। नवकुमार को उनमें चूल्हे जलाने लायक लकड़ियां नजर नहीं आई, इसलिए उसे उपयुक्त लकड़ी की खोज में नदी तट से अधिक दूर जाना पड़ा। अंत में उसे ऐसा

एक पेड़ मिल गया, जिसे काटा जा सके। उसने आवश्यकतानुसार लकड़ियां काट लीं। लकड़ियों को ढोकर ले चलना भी कम समस्या नहीं थी।

नवकुमार गरीब घराने का नहीं था। इन कामों का उसे बिलकुल अभ्यास नहीं था। बिना भली-भांति सोच-विचार किए वे लकड़ी काटने गया था, मगर अब लकड़ी का भार उसे बेहद कष्टकारक लग रहा था। जो भी हो, जिस काम का नवकुमार ने बीड़ा उठाया था, उससे पीछे हटने का उसका स्वभाव नहीं था। किसी तरह लकड़ियों का बोझ उठाए वे आगे बढ़ा कुछ दूर आगे बढ़ता, फिर रुककर थोड़ा विश्राम करता। इसी तरह वे धीरे-धीरे आगे बढ़ता रहा।

इससे हुआ यह कि नवकुमार को लौटने में देर होने लगी। उधर उनके सहयात्री इतना विलंब होता देख उद्विग्न हो उठे थे। उन्हें आशंका हो रही कि नवकुमार को बाघ ने मार डाला है। जब दोपहर हो गई तो उनकी यह आशंका विश्वास में बदल गई। हां, यह साहस किसी को नहीं हुआ कि कुछ दूर जाकर 'उनकी खोज-खबर ले आए।'

यात्री इसी प्रकार की एक-दूसरे से बातें कर रहे थे कि समुद्र में तेज लहरें उठने लगीं। नाविक समझ गए कि ज्वार आ रहा है। नाविक खुद जानते थे कि इन स्थानों में ज्वार का जब वेग उठता है तो तटों पर तरंगों का इस कदर आघात होता है कि तट से लगी नौकाएं चूर-चूर हो जाती हैं, इसलिए उन्होंने जल्दी-जल्दी नौका के बंधन खोल दिए और नदी के बीचोबीच जाने लगे। नौका के वहां से हटने के बाद अगले ही पल सारा रेतीला तट पानी से भर गया। यात्रियों को सिर्फ इतना ही मौका मिला था कि वे नौका में चढ़ सकें, उनका जो कुछ तट-भूमि पर रह गया था, वह सब समुद्र में जा पड़ा। दुर्भाग्यवश नाविक सुनिपुण नहीं थे, उनसे नौका संभाली नहीं गई, प्रबल जल प्रवाह के वेग में नौका रसूलपुर नदी के बीच जा पड़ी।

एक यात्री बोला– "नवकुमार तो रह गए।"

उत्तर में एक मांझी बोला– "ओह, तुम्हारे नवकुमार क्या अभी बचे होंगे! उन्हें सियारों ने कब का खा लिया होगा!!"

वे नौका को जल स्रोत के सहारे रसूलपुर नदी के बीचोबीच आगे बढ़ाने लगे। वापसी में ज्यादा कष्ट होगा, इसलिए नाविक प्राणपण से नदी के भीतरी भाग से बाहर निकलने की कोशिश कर रहे थे, किंतु नौका जैसे ही बाहर आने लगी, वैसे ही वहां के प्रबलतर प्रवाह से उत्तरमुखी होकर तीर के वेग से चल पड़ी। नाविक उसे जरा भी नियंत्रण में नहीं कर सके, नौका फिर वापस नहीं जा सकी।

जब पानी इतना मंद हो गया कि नौका की गति को नियंत्रित किया जा सके, तब तक नाव रसूलपुर का मुहाना पार करके काफी दूर तक आ चुकी थी। अब नवकुमार के लिए वापस जाया जा सकता है कि नहीं इस बारे में सोच-विचार हुआ।

यहां पर यह बताना भी आवश्यक है कि नवकुमार के सहयात्री उसके पड़ोसी मात्र थे, कोई भी आत्मीय जन या रिश्तेदार नहीं था। उन्होंने सोच-विचार करके तय किया कि यहां से अब तट तक जाना संभव नहीं। भाटा आने पर ही जाना संभव था, फिर वहीं रात हो जाएगी और रात को नौका चलाकर आना मुश्किल था। इसका मतलब यह हुआ कि अगले दिन के ज्वार की प्रतीक्षा करनी पड़ेगी। इतने लंबे अरसे तक सबको भूखा-प्यासा रहना पड़ेगा। दो दिन की भूख-प्यास से तो सबके प्राण सूख जाएंगे, फिर नाविक भी वापस जाने को तैयार नहीं थे। वे किसी की बात ही नहीं सुन रहे थे। वे कह रहे थे कि नवकुमार को बाघ ने मार डाला होगा। यह संभव भी था, तो इतना कष्ट झेलने का क्या प्रयोजन!

इस तरह सोच-विचार करके यात्रियों ने आगे बढ़ना ही उचित समझा। नवकुमार को उसी भीषण समुद्र के तट पर अकेला छोड़ दिया।

यह बात सुनकर अगर कोई प्रतिज्ञा करे कि कभी भी दूसरे की भूख मिटाने के लिए लकड़ी ढोने नहीं जाएगा तो यह उपहासजनक होगा। आत्मोपकारी को वन में अकेला छोड़ जाना जिनके लिए स्वाभाविक है, वे हमेशा आत्मोपकारी को वन में अकेला ही छोड़ आएंगे। ऐसा करने वाले चाहे जितनी बार भी यह करें, दूसरों के लिए लकड़ी ढोकर लाना जिनका स्वभाव है, वे बार-बार दूसरों के लिए लकड़ी ढोकर लाएंगे। मान लिया कि भूमि अधम है, मगर इस कारण मैं उत्तम क्यों न हूँगा ?

3

जंगल में

नवकुमार को जिस स्थान पर छोड़कर यात्री चले गए थे, वहां कुछ दूर दौलतपुर व दरियापुर नाम के दो छोटे गांव अब आबाद हैं, मगर जिस समय का वर्णन हम कर रहे हैं, उस समय वहां मानवों का वास नहीं था। चारों ओर केवल जंगल-ही-जंगल था, किंतु बांग्लादेश की दूसरी जमीनें जिस तरह हरी-भरी हैं, यह प्रदेश वैसा नहीं था।

रसूलपुर के मुहाने से सुवर्णरेखा तक अबाध रूप से कई योजन की लंबाई में सड़क की तरह बालू के टीलों की विस्तृत श्रेणी फैली हुई थी।

अगर यही टीलें कुछ और ऊंचे होते तो बालू की छोटी-मोटी पहाड़ियां ही दिखाई पड़ते। आजकल लोग इन टीलों को 'वालियाड़ी' कहकर पुकारते हैं।

इन सारी बालियाड़ियों की उन्नत धवल शिखरमालाएं दोपहर के सूर्य की दमकती किरणों में दूर से ही चम-चम कर जगमगाती हैं। उनके ऊपर पहले ऊंचे पेड़ नहीं उगते थे। इन टीलों के नीचे सामान्य-सा छोटा-मोटा जंगल उग आता है।

हां, मध्य भाग में या ऊपरी हिस्से में प्रायः छाया-शून्य धवल शोभा ही विराजती है। निचले हिस्से में घुमावदार वृक्षों के बीच झाड़ियां, लताएं और बनफूल ही अधिक होते हैं।

नवकुमार ऐसे ही नीरस स्थान पर संगी-साथियों द्वारा परित्यक्त हुए थे। लकड़ी ढोकर जब वे नदी तट पर पहुंचे और वहां नौका नजर नहीं आई तो उन्हें अचानक डर ने घेर लिया।

नवकुमार को फिर भी यह ख्याल नहीं आया कि संगी-साथी उन्हें एकदम छोड़कर चले गए हैं।

नवकुमार ने सोचा, ज्वार का पानी चढ़ने से तटीय भूमि जलमग्न हो गई होगी, अतः संभवत: कहीं आस-पास ही नौका ने आश्रय लिया होगा और लोग जल्दी ही उन्हें खोज लेंगे।

नवकुमार यही आशा करते हुए कुछ देर तक वहां बैठकर संगी-साथियों की प्रतीक्षा करने लगे, मगर नौका नहीं आई और संगी-साथी भी नजर नहीं आए।

नवकुमार का भूख के कारण बहुत बुरा हाल हो गया। अधिक प्रतीक्षा नहीं की जा सकी तो वे नौका की खोज में नदी के किनारे-किनारे घूमने लगे, किंतु कहीं भी नौका का पता न चल सका। वापस आकर वे पहले स्थान पर जा पहुंचे।

नौका का दूर-दूर तक कोई चिह्न न पाकर उन्हें लगा, शायद ज्वार के वेग से नौका बहती हुई कहीं दूर निकल गई है और अब प्रतिकूल प्रवाह में वापस आने में संगी-साथियों को विलंब हो रहा है।

जब ज्वार भी खत्म हो गया तो नवकुमार ने सोचा, शायद प्रतिकूल प्रवाह के जोरदार वेग के कारण नौका वापस नहीं आ पा रही है, भाटे में जरूर आएगी, किंतु भाटा भी धीरे-धीरे बहुत बढ़ गया। यहां तक कि दिन ढल गया, सूर्यास्त हो गया।

अगर नौका को वापस आना होता तो अब तक आ गई होती।

अंत में नवकुमार को लगा, शायद ज्वार की तेज तरंगों में नौका डूब गई है अथवा इस विजन से कहीं दूर चली गई है।

नवकुमार की समझ में नहीं आया कि अब क्या करे? आसपास न कोई गांव था और न कोई आश्रय न खाना, न पीना। नदी का पानी बेहद नमकीन था। भूख-प्यास से उनका हृदय विदीर्ण हुआ जा रहा था। ठंड से बचने का कोई उपाय नहीं था।

नवकुमार के शरीर पर जो कपड़े थे, वे अपर्याप्त थे। क्या इस ठंडी और हवा में नदी के किनारे ओस टपकाते आकाश तले निराश्रित एवं निरावरण सोना पड़ेगा? आधी रात में बाघ और उल्लू आ गए तो...? प्राण-नाश निश्चित है।

बेचैनी के कारण नवकुमार से अधिक देर तक बैठा भी नहीं गया। किनारा छोड़कर वे फिर ऊपर की ओर चल पड़े और इधर-उधर निरुद्देश्य घूमने लगे। क्रमशः अंधेरा बढ़ता गया।

शिशिराकाश में तारे निःशब्द फूटने लगे, वैसे ही जैसे नवकुमार के स्वदेश में फूटते थे। अंधकार में चारों दिशाएं जनहीन थीं, आकाश, प्रांतर, सब ओर नीरवता! केवल समुद्र की लहरें गरज रही थीं और वन्य पशुओं का शोर...!

नवकुमार उसी अंधकार में ओस टपकाते आकाश तले बालू के दूहों के चारों ओर घूम-फिर रहे थे। कभी ऊपर, कभी बीच में, कभी दूहों के नीचे तो कभी दूहों के शिखर पर उनका टहलना जारी था। इस तरह चलते-चलते दबे पांव किसी हिंस्र पशु द्वारा आक्रांत होने की संभावना थी, पर एक जगह बैठे रहने पर भी तो यही आशंका थी।

नवकुमार चलते-चलते थक गए। पूरे दिन के भूखे थे, थकान से अधिक त्रस्त हो गए। एक जगह वालियाड़ी के पार्श्व में पीठ सीधी करने को बैठ गए तो उन्हें घर की आरामदायक शैया याद आ गई।

जब शारीरिक व मानसिक कष्ट के अवसाद से चिंता सताती है तो कभी-कभी नींद भी आ जाती है। नवकुमार सोचते-सोचते तंद्राभिभूत हो गए। लगता है, अगर ऐसा न होता तो सांसारिक कष्टों के कारण व्यक्ति की मृत्यु हो जाती।

4

स्तूप-शिखर पर

जब नवकुमार की नींद टूटी, रात आधी से ज्यादा गुजर चुकी थी। अब तक बाघ ने उन पर हमला नहीं किया, यही उन्हें आश्चर्य हो रहा था। उन्होंने इधर-उधर ताककर देखा, बाघ आ रहा है कि नहीं। अकस्मात् सामने बहुत दूर रोशनी नजर आई। कहीं भ्रम न हो, इसलिए नवकुमार ध्यान लगाकर उस तरफ देखने लगे। रोशनी का दायरा धीरे-धीरे बढ़ने लगा तथा अधिक उज्ज्वल होने लगा। लगा, यह आग की रोशनी है।

नवकुमार की जीवन-आशा एक बार फिर उद्दीप्त हो उठी। मानव-समागम के बिना इस रोशनी का अस्तित्व संभव नहीं था। यह दावानल का समय भी नहीं था। नवकुमार उठ खड़े हुए। जिधर से रोशनी आ रही थी, उधर ही चल पड़े। एक बार सोचा–'क्या यह रोशनी भौतिक है? हो भी सकती है, किंतु शंका में पड़े रहकर भला जीवन-रक्षा हो सकती है?" यह सोचकर वे निर्भीकता से रोशनी की दिशा की ओर बढ़ते गए। वृक्ष, लताएं व बालुका स्तूप कदम-कदम पर उन्हें बाधा पहुंचा रहे थे। वृक्ष-लताओं को पद-दलित करते हुए और बालुका स्तूपों को लांघते हुए नवकुमार चलते रहे। रोशनी के नजदीक पहुंचकर उन्होंने देखा, एक बहुत ऊंचे बालुका स्तूप के शिखर पर आग जल रही है। उस रोशनी में शिखर पर बैठी एक मानव-मूर्ति आकाशपटस्थ चित्र की तरह नजर आ रही थी।

नवकुमार ने तय किया कि वे शिखरासीन मानव के पास जाएंगे। इसी 'कारण वे उसकी ओर तेज गति से बढ़ गए। अंत में वे स्तूप पर चढ़ने लगे, तभी उन्हें किंचित शंका होने लगी, फिर भी उन्होंने दबे पांव स्तूप की चढ़ाई जारी रखी।

शिखरासीन व्यक्ति के सामने पहुंचकर उन्होंने जो कुछ देखा, उससे रोमांचित हो उठे-वहीं खड़े रहें या चले जाएं, यह एकाएक वे तय नहीं कर पाए।

शिखरासीन व्यक्ति आंखें मूंदे ध्यानमग्न बैठा था। नवकुमार ने पहले यह नहीं देखा था। अब उन्होंने ध्यान से देखा, उस व्यक्ति की उम्र लगभग पचास साल होगी। उसके शरीर पर एक भी सूती वस्त्र नजर नहीं आया केवल कमर से घुटनों तक शार्दूलचर्म आवृत था। गले में रुद्राक्ष माला, चौड़ा चेहरा सफेद 'जटाओं से घिरा हुआ। सामने लकड़ियां जल रही थीं। इस आग की रोशनी को देखकर नवकुमार इस स्थान पर आ पहुंचे थे।

नवकुमार को एकाएक विकट दुर्गंध का अहसास हुआ। व्यक्ति के आसन की ओर नजर गई तो दुर्गंध के कारण का पता चला। जटाधारी व्यक्ति एक छिन्नमस्तक सड़े-गले शव के ऊपर बैठा था। भयभीत होकर उन्होंने यह भी देखा कि सामने नरमुंड पड़ा था, जिसमें रक्तवर्णी द्रव पदार्थ लगा था। चारों तरफ जगह-जगह हड्डियां बिखरी पड़ी थी। यही नहीं, बल्कि उस व्यक्ति के कंठ में जो रुद्राक्ष माला थी, उसमें भी बीच-बीच में छोटी-छोटी हड्डियां गुंथी हुई थीं।

नवकुमार मंत्रमुग्ध से खड़े रहे। आगे बढ़ें या यहां से चले जाएं, यह उनकी समझ में ही नहीं आया। उन्होंने कापालिकों के बारे में सुन रखा था। समझ गए कि यह व्यक्ति कापालिक है।

जब नवकुमार यहां पहुंचे थे, कापालिक मंत्र-साधना में या जाप में या ध्यान में मग्न था। नवकुमार को देखकर उसने पलक भी नहीं झपकाई। काफी देर के बाद पूछा– "कौन हो?"

नवकुमार ने जवाब दिया– "ब्राह्मण।"

कापालिक बोला– "खड़े रहो।" यह कहकर वह फिर ध्यानमग्न हो गया।

नवकुमार खड़े रहे।

इस तरह एक प्रहर गुजर गया। अंत में कापालिक उठ खड़ा हुआ और नवकुमार से पहले की तरह संस्कृत में बोला– "मेरा अनुसरण करो।"

यह निश्चित रूप से कहा जा सकता है कि कोई और समय होता तो नवकुमार उसका साथ कभी नहीं देते, मगर इस समय भूख-प्यास से उनका बुरा हाल था। इसी कारण बोले– "प्रभु की जैसी आज्ञा! मगर मैं भूख-प्यास से बेहद व्याकुल हूँ। कृपया बताएं, कहां जाकर आहार मिलेगा?"

कापालिक बोला– "तुम भैरवी प्रेरित हो। मेरे साथ आओ, तुम्हें खाने को भोजन मिलेगा।"

नवकुमार कापालिक के पीछे-पीछे चल पड़े। दोनों ने काफी लंबा रास्ता तय किया- रास्ते में कोई किसी से कुछ नहीं बोला। अंत में एक पर्णकुटी मिली। उसमें पहले कापालिक ने प्रवेश करके नवकुमार को अंदर आने की अनुमति दी, फिर न जाने किस उपाय से एक टुकड़ा काठ जलाया, जिसका पता नवकुमार को भी नहीं लगा।

नवकुमार ने उस रोशनी में देखा, सारी कुटी केले के पत्तों से बनी थी। उसमें कई व्याघ्र चर्म भी थे। एक कलसी में पानी और कुछ फल मूल भी रखे थे।

कापालिक अग्नि जलाकर बोला– "फल-मूल जो कुछ रखा है, तुम खा सकते हो। पत्तों का दोना बनाकर कलसी से पानी पी लेना व्याघ्र चर्म रखे हैं, इच्छा हो तो इनको बिछाकर सो जाना। निश्चित होकर रहो, बाघ से डरना मत। वक्त आने पर मुझसे मुलाकात होगी। जब तक मुलाकात हो, यह कुटी छोड़कर चले मत जाना।"

यह कहकर कापालिक ने वहां से प्रस्थान किया।

नवकुमार ने वही सामान्य फल-मूल खाकर तथा वही गरम पानी पीकर परम तृप्ति का अनुभव किया, फिर वे व्याघ्र-चर्म पर लेट गए। दिन-भर के थके होने के कारण शीघ्र ही वे नींद की गोद में सो गए।

5

समुद्र तट पर

सुबह सवेरे उठकर नवकुमार सहज ही कुटी छोड़कर जाने का उपाय सोचने में व्यस्त हो गए। यह जरूरी इसलिए भी था कि कापालिक के सान्निध्य में किसी तरह भी रहना उन्हें उचित नहीं प्रतीत हो रहा था, मगर इस पथहीन जंगल में से वे आखिर किस प्रकार बाहर निकलें? भला किस प्रकार पथ खोजकर वे यहां से जाएं? कापालिक अवश्य पथ से परिचित होगा, पूछने पर वह क्या बताएगा नहीं? अब तक ऐसा कोई कारण नहीं नजर आ रहा था, जिससे लगा हो कि कापालिक ने उस के प्रति कोई संदेहजनक आचरण किया है, फिर उससे डरने की क्या आवश्यकता? उधर कापालिक ने उन्हें दुबारा मुलाकात करने तक कुटी छोड़कर जाने को मना कर रखा था। इसका उल्लंघन किया तो हो सकता है कि वह क्रोधित हो जाए।

नवकुमार ने सुन रखा था कि कापालिक लोग मंत्र बल से असाध्य को साध लेने में सक्षम होते हैं। इस कारण उनके आदेश का उल्लंघन करना अनुचित होगा। यह सोचकर नवकुमार ने आखिरकार कुटी में ही बैठे रहना तय कर लिया, किंतु धीरे-धीरे दोपहर का वक्त हो आया, फिर भी कापालिक वापस नहीं आया। पूरे दिन का उपवास और अब तक ढंग से कुछ खाया पिया भी नहीं था, सो उनकी भूख अत्यंत प्रबल हो उठी थी। कुटी में थोड़ी-सी मात्रा में जो फल मूल रखे थे, उन्हें वे रात को ही खा चुके थे। अब कुटी से बाहर निकलकर फल- मूल की तलाश किए बगैर भूख से प्राण बचेंगे नहीं। थोड़ा दिन रहते भूख से व्याकुल होकर नवकुमार फलों की खोज में बाहर निकले।

नवकुमार फलों की खोज में पास के सारे बालूका स्तूपों के चारों ओर घूमने लगे। जो दो-एक वृक्ष बालू में उगे हुए थे, उनके फल तोड़कर देखा कि एक वृक्ष

के फल बादाम की तरह अत्यंत स्वादिष्ट थे, उन्हें ही खाकर वे भूख मिटाने लगे। वह बालूका स्तूप श्रेणी छोटे से इलाके में फैली हुई थी। अतएव नवकुमार ने थोड़ी देर में ही घूम-घामकर वह इलाका पार कर लिया। अब वे दूसरी तरफ के बालूहीन घने जंगल में जा पहुंचे। जिन लोगों ने थोड़ी देर के लिए अनजाने जंगलों में भ्रमण किया है, वे जानते हैं कि पथहीन जंगल में जरा-सी देर में ही इंसान रास्ता भूल जाता है। नवकुमार के साथ भी ऐसा ही हुआ। कुछ दूर आकर आश्रम किस रास्ते में छोड़ आए यह उनकी समझ में नहीं आ रहा था।

एकाएक नवकुमार के कानों में गंभीर जल-कल्लोल का स्वर सुनाई दिया। वे समझ गए कि यह समुद्र की लहरों का गर्जन है। थोड़ी देर के बाद अचानक वन से बाहर निकलकर देखा, सामने ही समुद्र है। अनंत विस्तार में फैले नीले जल को सामने देखकर उनके आनंद का पारावार न रहा। बालू फैले तट पर जाकर वे बैठ गए। फेनिल, नीला, अनंत समुद्र।

दोनों तरफ जहां तक नजर जा रही थी, उतनी दूर तक लरजती-गरजती लहरों की रेखाएं मचल रही थीं। लहरें तटों तक आकर बालू में खो जाती थीं। नीले पानी में अनगिनत स्थानों पर भी फेनिल तरंगें मचल रही थीं। अगर कभी ऐसी प्रचंड हवा बहे कि उसके वेग से आकाश के तारे टूट-टूटकर सागर में डूबने-उतराने लगें, तब जाकर लहरों के मचलने का दृश्य आंखों के आगे साकार हो सकता है। इस समय अस्तगामी सूर्य की मृदुल किरणें नीले पानी के एक हिस्से पर द्रवीभूत स्वर्ण की तरह चमक रही थीं। काफी दूर किसी यूरोपीय वणिक जाति का समुद्र- पोत श्वेत पताका लहराए बृहत् पक्षी की तरह जलधि-वृक्ष पर ठंड़ा जा रहा था।

कितनी ही देर तक नवकुमार तट पर बैठे अनन्य भाव से जलधि-शोभा देखते रहे, इस बारे में उन्हें तत्क्षण कुछ भी पता न चला। बाद में जब शाम का अंधकार सागर पर फैल गया, तब नवकुमार को होश आया और आश्रम खोजने की बात सूझी। गहरी सांस छोड़कर वे उठे खड़े हुए। गहरी सांस क्यों छोड़ी, यह बताना मुश्किल है। शायद उनके मन में अतीत की कोई सुखानुभूति जाग उठी हो उठकर वे समुद्र की ओर पीठ करके चल पड़े। वापस आते ही देखा – सामने एक अपूर्व मूर्ति उस गंभीर नदी वारधि तीरे, सैकत भूमि पर अस्पष्ट संध्यालोक में खड़ी थी एक अपूर्व रमणीमूर्ति! बाल खुले हुए सांपों के फन से छितराए हुए थे। सौष्टव शरीर जैसे चित्रपट बनी तस्वीर-सा नजर आ रहा था। छितराए बालों की वजह से पूरा मुखमंडल नहीं दिखाई दे रहा था- हां, बादलों के झुंड से निःसृत चंद्र- रश्मियों-

सा जरूर प्रतीत हो रहा था। विशाल लोचनों के कटाक्ष इस सागर- वक्ष पर खेल रही चंद्र-किरणों-सी स्निग्धोज्ज्वल दीप्ति से परिपूर्ण थे। केशराशि से कंधा व दोनों बाहू आच्छन्न थे। कंधा तो बिलकुल नजर नहीं आ रहा था। हां, बाहुओं की विमल श्री कुछ-कुछ नजर आ रही थी। रमणी देह एकदम निराभरण थी। इस रमणी मूर्ति में जो मोहिनी शक्ति थी, उसका वर्णन नहीं किया जा सकता। अर्द्धचंद निःसृत कौमुदिवर्ण और काले-काले बालों की छटा-इन दोनों के मेल से वर्ण व बालों दोनों की जो श्री विकसित हो रही थी, उसे इस गंभीर नदी सागर तट पर संध्यालोक देखे बिना उसकी मोहिनी शक्ति को महसूस नहीं किया जा सकता।

नवकुमार अचानक ऐसे दुर्गम स्थल में दैवी मूर्ति देखकर निष्पंद-सा खड़ा रह गया। उसकी वाक् शक्ति पंगु हो गई। स्तब्ध-सा उसे ताकता रहा।

लड़की भी स्पंदनहीन खड़ी थी और बड़ी-बड़ी आंखों से एकटक नवकुमार के चेहरे की ओर ताक रही थी। दोनों में अंतर सिर्फ यह था कि नवकुमार की दृष्टि में चकित भाव था, लड़की की दृष्टि में ऐसा कोई भाव नहीं था। हां, उसे उद्वेग जरूर था।

अनंत समुद्र के जनहीन तट पर वे दोनों काफी देर तक एक दूसरे को निहारते रहे।

बहुत देर के बाद लड़की का कंठ स्वर सुनाई दिया। मृदु स्वर में बोली– "पथिक, क्या तुम रास्ता भूल गए हो?"

यह कंठ स्वर सुनते ही नवकुमार की हृदयवीणा बज उठी। हृदय की गति भी विचित्र है, कभी-कभी तो इस कदर लयहीन हो जाती है कि बहुत कोशिश करने पर भी उसके तार झंकृत नहीं होते, जबकि एक शब्द से, नारी-कंठ से निकले एक स्वर से हृदय लयमय हो जाता है, सारा संसार संगीत से ओत-प्रोत हो जाता है। नवकुमार के कानों में यह नारी स्वर अद्भुत रस घोल गया।

'पथिक, क्या तुम रास्ता भूल गए हो?' यह ध्वनि नवकुमार के कानों में प्रविष्ट हुई, इसका क्या अर्थ है या इसका क्या उत्तर दिया जाना चाहिए – यह उसकी समझ में नहीं आया। ध्वनि जैसे हर्ष कंपित होकर बढ़ने लगी, जैसे हवा में ध्वनि रच-बस गई, जैसे पेड़ों के पत्तों में गूंजने लगी और जैसे सागर-नाद मंद होने लगा हो। यह सागर-वसना, पृथ्वी सुंदर, यह युवती सुंदर, ध्वनि भी सुंदर उसकी हृदय-वीणा में सौंदर्य की लय समाने लगी।

युवती को कोई उत्तर नहीं मिला तो बोली– "अच्छा, मैं चलूं?"

यह कहकर युवती चल पड़ी, पदचाप बिलकुल नहीं हुई। वसंतकाल की मंद वायु से चालित शुभ्र मेघ की तरह वह धीरे-धीरे अलक्ष्य पाद विक्षेप से चली।

नवकुमार मशीन के पुतले की तरह उसके साथ चल पड़े। राह में एक छोटा-सा वन घूमकर जाना पड़ा। वन की आड़ में जाने पर फिर सुंदरी दिखाई न दी। वन का चक्कर लगा लेने पर नवकुमार ने देखा कि सामने ही वह कुटी है।

6

कापालिक के साथ

नवकुमार कुटी में प्रवेश कर दरवाजा बंद करते हुए अपनी हथेली पर सिर झुकाकर बैठ गए।

वे बहुत देर तक बैठे रहे। शीघ्र ही उनका मस्तक न उठा।

"यह कौन थी देवी या मानुषी या कापालिक की माया मात्र?" नवकुमार निस्पंद अवस्था में हृदय में ऐसे ही विचार करते बैठे रहे। वे कुछ भी समझ न सके।

वे अन्यमनस्क थे, इसलिए एक विशेष बात लक्ष्य न कर सके। उस कुटी में उनके आने से पूर्व ही एक लकड़ी जल रही थी। इसके बाद काफी रात बीतने पर उनके मन में विचार आया कि अभी तक सायंकालीन संध्या आदि से वे निवृत्त नहीं हुए।

नवकुमार ने जल की असुविधा का ध्यान करते हुए उस विचार को निरस्त किया, फिर उन्होंने देखा कि कुटी में केवल लकड़ी ही नहीं जल रही है, वरन चावल आदि पाक द्रव्य भी एक जगह रखा हुआ है। इस सामान को देखकर नवकुमार चकित न हुए-मन में सोचा, अवश्य ही यह कापालिक द्वारा रखा गया है। इसमें आश्चर्य की कौन-सी बात है?

"शस्यं च गृहमागतम्।" बुरी बात तो है नहीं "भोज्यं च उदरागतम्।" यह कहने से और भी स्पष्ट समझ में आ सकता। नवकुमार भी इस चीज का माहात्म्य न जानते हों, ऐसी बात नहीं। सायंकृत्य समाप्त करने के बाद चावल को कुटी में रखी हुई एक हांडी में पकाकर नवकुमार ने डटकर भोजन कर लिया।

दूसरे दिन सवेरे चर्म शैया का परित्याग कर नवकुमार समुद्र तट की तरफ चल पड़े। एक दिन पहले अनुभव हो जाने के कारण आज राह पहचान लेने में विशेष कष्ट नहीं हुआ।

प्रातः के नित्यकर्म से निवृत्त होकर प्रतीक्षा करने लगे। किसकी प्रतीक्षा कर रहे थे? पहले दिन वाली मायाविनी आज फिर आएगी यह आशा नवकुमार के हृदय में कितनी प्रबल थी, यह तो नहीं कहा जा सकता, लेकिन इस आशा का त्याग वे न कर सके और उस जगह को भी छोड़ न सके, लेकिन काफी दिन चढ़ने पर भी वहां कोई न आया।

अब नवकुमार उस स्थान पर चारों तरफ घूमकर टहलने लगे। उनका अन्वेषण व्यर्थ था। मनुष्य समागम का चिह्न मात्र भी वहां न था। इसके बाद फिर लौटकर उस स्थान पर आ बैठे।

सूर्यदेव धीरे-धीरे अस्त हो गए, अंधकार बढ़ने लगा; अंत में हताश होकर नवकुमार कुटी में वापस आ गए। कुटी में आकर नवकुमार ने देखा कि कापालिक कुटी में निःशब्द बैठा हुआ है। नवकुमार ने पहले स्वागत जिज्ञासा की, लेकिन कापालिक ने इसका कोई उत्तर न दिया।

नवकुमार ने पूछा– "अब तक प्रभु के दर्शन से मैं क्यों वंचित रहा?"

कापालिक ने उत्तर दिया– "अपने व्रत में नियुक्त था।"

नवकुमार ने घर लौटने की इच्छा प्रकट की। उन्होंने कहा– "न तो मैं राह ही पहचानता हूँ और न मेरे पास राह खर्च है प्रभु के दर्शन से यद्विहित-विधान हो सकेगा, इसी आशा में हूँ।"

कापालिक ने इतना ही कहा– "साथ आओ।" यह कहकर वह उदास हृदय से उठ खड़ा हुआ। घर लौटने से सुभीता हो सकेगा, आशा से नवकुमार भी साथ हो लिए।

उस समय तक भी संध्या का पूरा अंधकार फैला न था, हल्की रोशनी थी। एकाएक नवकुमार की पीठ पर किसी कोमल हाथ का स्पर्श हुआ। उन्होंने पलटकर जो देखा, उससे वे अवाक् हो गए। वही अंगुलफलवित निविड़ केशराशिधारिणी वन्य देवी की मूर्ति सामने थी। एकाएक कहां से यह मूर्ति उनके पीछे आ गई है?

नवकुमार ने देखा कि रमणी मुंह पर उंगली रखकर इशारा कर रही है। वे समझ गए कि रमणी बात करने को मना कर रही है। निषेध का अधिक प्रयोजन भी न था।

नवकुमार क्या कहते? वे आश्चर्य से खड़े रह गए। कापालिक यह सब कुछ देख नहीं सका था। वह क्रमशः आगे बढ़ता ही गया। उसके कुछ दूर चले जाने पर रमणी ने धीमे स्वर में कुछ कहा।

नवकुमार के कानों में उन शब्दों ने प्रवेश किया। ये शब्द थे– "कहां जाते हो? न जाओ। लौटो भागो"

यह बात कहने के साथ-साथ रमणी धीरे से खिसक गई। प्रत्युत्तर सुनने के लिए वह खड़ी न रही। नवकुमार पहले तो कुछ विमूढ़-से खड़े रहे, इसके बाद व्यग्र इसलिए हुए कि वह रमणी किधर खिसक गई। मन में सोचने लगे- 'यह कैसी माया है या मेरा भ्रम है? जो बात सुनाई दी, वह आशंकासूचक है, लेकिन वह आशंका किस बात की है? तांत्रिक सब कुछ कर सकता है तो क्या भागना चाहिए? लेकिन भागने की जगह कहां है?'

नवकुमार ऐसी ही चिंता कर रहे थे, ऐसे समय उन्होंने देखा कि कापालिक उन्हें अपने पीछे न पाकर लौट रहा है। कापालिक ने कहा– "विलंब क्यों करते हो?"

जब मनुष्य अपना कर्तव्य कुछ स्थिर नहीं किए रहता, तो वह जिस कार्य के लिए पहले आहूत होता है, उसे ही करता है। कापालिक द्वारा पुनः बुलाए जाने पर बिना कोई प्रतिवाद किए ही नवकुमार उसके पीछे चल पड़े।

कुछ दूर जाने के बाद सामने एक मिट्टी की दीवार की कुटी दिखाई दी। उसे कुटी भी कहा जा सकता है और छोटा घर भी, किंतु इससे हमारा कोई प्रयोजन नहीं। इसके पीछे ही सिकतामय समुद्र तट है। घर के बगल से वह कापालिक नवकुमार को लेकर आगे चला। ऐसे ही समय तीर की तरह वही रमणी फिर एक बाजू से दूसरे बाजू निकल गई। जाते समय फिर कहा– "अब भी भागो क्या तुम नहीं जानते कि बिना नर-मांस के तांत्रिक की पूजा नहीं होती?"

नवकुमार के माथे पर पसीना आ गया। दुर्भाग्यवश रमणी की यह बात कापालिक के कानों में पहुंच गई, उसने कहा– "कपालकुंडले!"

यह स्वर नवकुमार के कानों में मेघ गर्जन की तरह गूंजने लगा, लेकिन कपालकुंडला ने इसका कोई उत्तर न दिया।

अब कापालिक नवकुमार का हाथ पकड़कर ले जाने लगा। मनुष्यघाती हाथों का स्पर्श होते ही नवकुमार की देह की धमनियों का रक्त दुगने वेग से प्रवाहित होने लगा। लुप्त साहस एक बार नवकुमार में फिर आ गया। नवकुमार ने कहा– "हाथ छोड़िए।"

कापालिक ने कोई उत्तर न दिया।

नवकुमार ने फिर पूछा– "मुझे कहां ले जाते हैं?"

कापालिक ने कहा– "पूजा के स्थान पर।"

नवकुमार ने कहा– "क्यों?"

कापालिक ने कहा– "वध के लिए।"

नवकुमार ने यह सुनते ही बड़ी तेजी के साथ अपना हाथ खींचा। जिस बल से उन्होंने अपना हाथ खींचा था, उससे यदि कोई सामान्य जन होता, तो हाथ बचा लेना तो दूर रहा, वह गिर पड़ता, लेकिन कापालिक का शरीर भी न हिला नवकुमार की कलाई कापालिक के हाथ में ही रह गई। नवकुमार के हाथ की हड्डी मानो टूटने लगी। मुमुर्ष की तरह नवकुमार कापालिक के साथ जाने लगे।

रेतीले मैदान के बीचोबीच पहुंचने पर नवकुमार ने देखा कि यहां भी लकड़ी का कुंदा जल रहा था। उसके चारों तरफ तांत्रिक पूजा का सामान फैला है। उसमें नर-कपालपूर्ण आसव भी है, लेकिन शव नहीं है। नवकुमार ने हुआ अनुमान किया कि उन्हें ही शव बनना पड़ेगा।

कितनी ही लता की सूखी हुई डालियां वहां लाकर पहले से रखी हुई थीं। कापालिक ने उसके द्वारा नवकुमार को दृढ़तापूर्वक बांधना शुरू किया। नवकुमार ने शक्ति-भर बल प्रयोग किया; लेकिन बल लगाना व्यर्थ हुआ। उन्हें विश्वास हो गया कि इस उम्र में भी कापालिक मस्त हाथी जैसा बल रखता है। नवकुमार को जोर लगाते देखकर कापालिक ने कहा– "मूर्ख! किसलिए जोर लगाता है? तेरा जन्म आज सार्थक हुआ। भैरवी पूजा में तेरा मांसपिंड अर्पित होगा। इससे ज्यादा तेरा और क्या सौभाग्य हो सकता है?"

कापालिक ने नवकुमार को खूब कसकर बांधने के बाद छोड़ दिया। इसके बाद वह वध से पहले की प्राथमिक पूजा में लग गया।

नवकुमार बराबर अपने बंधन तोड़ने की कोशिश करते रहे, लेकिन वे सूखी लताएं गजब की मजबूत थीं बंधन बहुत दृढ़ था मृत्यु अवश्य होगी! नवकुमार ने अंत में इष्टदेव के चरणों में ध्यान लगाया। एक बार फिर जन्मभूमि की याद आई, अपना सुखमय आवास याद आया, एक बार बहुत दिनों से अंतर्हित माता-पिता का स्नेहमय चेहरा याद आया और दो-एक बूंद आंसू दुलककर रेती पर गिर पड़े।

कापालिक प्राथमिक पूजा समाप्त कर खड्ग लेने के लिए अपने आसन से उठ खड़ा हुआ, लेकिन जहां उसने खड्ग रखा था, वहां वह न मिला। आश्चर्य! कापालिक कुछ विस्मित हुआ। उसे पूरी तरह याद था कि शाम को उसने खड्ग यथास्थान रख दिया था, फिर स्थानांतरित भी नहीं किया, तब कहां गया?

कापालिक ने इधर-उधर खोजा, लेकिन वह कहीं न मिला। तब उसने पूर्वकुटी की तरफ पलटकर जोर से कपालकुंडला को पुकारा, लेकिन बारंबार बुलाए जाने पर भी कपालकुंडला ने कोई उत्तर न दिया। कापालिक की आंखें लाल और भौंहें टेढ़ी पड़ गईं। वह तेजी से कदम बढ़ाता हुआ गृह की तरफ बढ़ा। इस अवकाश में एक बार नवकुमार ने फिर छुटकारे के लिए जोर लगाया, लेकिन व्यर्थ!

ऐसे ही समय बालू के ऊपर बहुत ही समीप पैरों की ध्वनि हुई। यह ध्वनि कापालिक की न थी। नवकुमार ने नजर घुमाकर देखा, वही मोहिनी कपालकुंडला थी। उसके हाथों में खड्ग झूल रहा था।

कपालकुंडला ने सावधानीपूर्वक नवकुमार के पास आकर कहा– "चुप रहना, कोई बात न करना- खड्ग मेरे ही पास है-मैंने चुरा रखा है।"

यह कहकर कपालकुंडला शीघ्रतापूर्वक नवकुमार के बंधन काटने लगी। पलक झपकते ही उसने नवकुमार को मुक्त कर दिया और बोली– "भागो, मेरे पीछे आओ; राह दिखा देती हूँ।"

यह कहकर कपालकुंडला तीर की तरह राह दिखाती हुई आगे दौड़ी, नवकुमार ने भी उसका अनुसरण किया।

7

खोज में

इधर कापालिक ने घर में कोना-कोना खोजा, लेकिन न तो खड्ग मिला और न कपालकुंडला ही दिखाई दी। अतः वह संदेह में भरा हुआ फिर वापस हुआ। वहां पहुंचकर उसने देखा कि वहां नवकुमार नहीं है। इससे उसे बड़ा अचरज हुआ। एक क्षण बाद ही उसकी निगाह कटी हुई लताओं पर गई। तत्काल सब कुछ उसकी समझ में आ गया। अब कापालिक नवकुमार की खोज में लगा, लेकिन घोर अरण्य में भागने वाला किस राह से किधर गया है, यह जान लेना बहुत ही कठिन है। अंधकार के कारण किसी को राह भी नहीं दिखाई दे सकती। अतः वह किसी आवाज को सुनने की आशा में इधर-उधर भटका, लेकिन उसे कुछ भी ध्वनि सुनाई न पड़ती थी। अतएव चारों तरफ देख सकने के लिए वह पास की ही एक बालियाड़ी के शिखर पर चढ़ गया।

कापालिक एक बाजू से चढ़ा था, किंतु उसे यह मालूम नहीं था कि वर्षा के कारण पानी ने बहकर उसके दूसरे बाजू को प्रायः गला दिया है। शिखर पर आरोहण करने के साथ वह गला हुआ ढूहा भार पाकर बड़े जोर की ध्वनि के साथ गिरा। गिरने के समय उसके साथ ही पर्वत शिखर च्युत महिष की तरह कापालिक भी गिरा।

• • •

उस अमावस्या की घोर अंधेरी रात में दोनों ही जन एक सांस से दौड़ते हुए वन के अंदर से भागे। वन्यपथ नवकुमार का अनजाना था, केवल सहचारिणी षोड्शी के साथ-साथ उसके पीछे-पीछे जाने के अतिरिक्त दूसरा उपाय न था, लेकिन अंधेरी रात में जंगल में हर समय रमणी का पीछा करना कठिन है। कभी रमणी एक तरफ

जाती थी, तो नवकुमार दूसरी तरफ। अंत में रमणी ने कहा– "मेरा आंचल पकड़ लो।" अतः नवकुमार रमणी का आंचल पकड़कर चले। बहुत दूर जाने पर वे लोग क्रमशः धीरे-धीरे चले। अंधेरे में कुछ दिखाई न पड़ता था, केवल नक्षत्रलोक में अस्पष्ट बालू के स्तूप का शिखर झलक जाता था और खद्योत-प्रकाश से लक्ष्य का भास होता था।

कपालकुंडला इस तरह पथिक को लिये हुए निर्भृत जंगल में पहुंची। उस समय रात के दो पहर बीत चुके थे। जंगल के अंदर अंधकार में एक देवालय का अस्पष्ट चूड़ा दिखाई पड़ रहा था। उसकी प्राचीर सामने थी। प्राचीर से लगा हुआ एक गृह था। कपालकुंडला ने प्राचीर द्वार के निकट होकर खटखटाया। बारंबार कराघात करने पर भीतर से एक व्यक्ति ने कहा– "कौन? कपालकुंडला है क्या?"

कपालकुंडला बोली– "दरवाजा खोलो?"

किसी ने अंदर से आकर दरवाजा खोला। जिस व्यक्ति ने आकर दरवाजा खोला, वह देवालय में अधिष्ठित देवता का सेवक था। उसकी उम्र कोई 50 वर्ष के लगभग होगी। कपालकुंडला ने अपने हाथों द्वारा उस व्यक्ति की गंजी खोपड़ी अपने पास खींचकर कान में अपने साथी के बारे में कुछ समझाया।

वह सेवक बहुत देर तक हथेली पर गाल रखे कुछ सोचता रहा। अंत में उसने कहा– "बात सहज नहीं है। महापुरुष यदि चाहे तो सब कुछ कर सकता है, फिर भी माता की कृपा से तुम्हार अमंगल न होगा। वह व्यक्ति कहाँ है?"

कपालकुंडला ने 'आओ' कहकर नवकुमार को बुलाया। नवकुमार आड़ में खड़े थे, बुलाए जाने पर घर के अंदर आए।

सेवक ने उनसे कहा– "आज यहीं छिपे रहो, कल सवेरे तुम्हें मेदिनीपुर की राह पर छोड़ आऊंगा।"

क्रमशः बात ही बात में मालूम हुआ कि अब तक नवकुमार ने कुछ खाया नहीं है। सेवक द्वारा भोजन का आयोजन करने पर नवकुमार ने इंकार कर कहा कि उसे केवल विश्राम की आवश्यकता है। सेवक ने अपने रसोईघर में नवकुमार के सोने का इंतजाम कर दिया। नवकुमार के सोने का उद्योग करने पर कपालकुंडला समुद्र तट पर पुनः लौट जाने का उपक्रम करने लगी। इस पर सेवक ने कपालकुंडला के प्रति स्नेह से दृष्टिपात कर कहा– "न जाओ, थोड़ा ठहरो, एक विनती है।"

कपालकुंडला क्या?

सेवक-जब से तुम्हें देखा है, बेटी समझा और पुकारा है। माता के चरणों की शपथ खाकर कह सकता हूँ कि माता से बढ़कर मैंने तुम्हें स्नेह दिया है। मेरी याचना की अवहेलना तो न करोगी?

कपालकुंडला-न करूंगी।

सेवक-मेरी भिक्षा है कि अब तुम वहां लौटकर न जाओ।

कपालकुंडला-क्यों?

सेवक-जाने से तुम्हारी रक्षा न होगी।

कपालकुंडला–यह तो मैं भी जानती हूँ।

सेवक-तो फिर आज पूछती क्यों हो?

कपालकुंडला-न जाऊंगी तो कहां रहूँगी?

सेवक-इसी पथिक के साथ देशांतर चली जाओ।

कपालकुंडला चुप रह गई।

सेवक ने पूछा-"बेटी! क्या सोचती हो?"

कपालकुंडला-जब तुम्हारा शिष्य आया था, तो तुमने कहा था कि युवती का इस प्रकार युवा पुरुष के साथ जाना उचित नहीं। अब जाने को क्यों कहते हो?

सेवक-उस समय तुम्हारी मृत्यु की आशंका नहीं थी; विशेषकर जिस सदुपयोग की संभावना थी, वह अब हो सकेगा। आओ, माता की अनुमति ले आएं।

8

आश्रम में

यह कहकर सेवक ने दीपक हाथ में लिया तथा जाकर माता के मंदिर का दरवाजा खोला। कपालकुंडला भी उनके साथ-साथ गई। मंदिर में आदमकद कराल काली की मूर्ति स्थापित थी। दोनों ने भक्तिपूर्वक प्रणाम किया। सेवक ने आचमन कर पुष्पपात्र से एक अछिन्न विल्य-पत्र लेकर मंत्र पूरा किया और उसे प्रतिमा के पैरों पर संस्थापित कर उसकी तरफ देखता रहा।

थोड़ी देर बाद सेवक ने कपालकुंडला की तरफ देखकर कहा– "बेटी! देखो, माता ने अयं ग्रहण कर लिया। बिल्व पत्र गिरा नहीं। जिस मनौती से मैंने अर्घ्य चढ़ाया था, उसमें अवश्य मंगल है। तुम इस पथिक के साथ निःसंकोच यात्रा करो, लेकिन मैं विषयी लोगों का चरित्र जानता हूँ। तुम यदि इसके साथ बिना किसी सामाजिक संबंध के जाओगी तो यह व्यक्ति अपरिचित युवती को साथ ले जाकर समाज में जाने पर लज्जित होगा; तुमसे भी लोग घृणा करेंगे। तुम कहती हो कि यह व्यक्ति ब्राह्मण संतान है। इसके गले में यज्ञोपवीत भी दिखाई पड़ता है। यह यदि तुम्हें विवाह करके ले जाए तो मंगल है, अन्यथा मैं भी तुम्हें इसके साथ जाने देने को कह नहीं सकता।"

"वि... वा... ह!" यह शब्द बड़े ही धीमे स्वर में कपालकुंडला ने कहा। वह कहने लगी– "विवाह का नाम तो तुम लोगों के मुंह से सुना करती हूँ: किंतु विवाह किसे कहते हैं, मैं नहीं जानती। क्या करना होगा?"

सेवक ने मुस्कराकर कहा– "विवाह ही स्त्रियों के लिए धर्म का एकमात्र सोपान है; इसीलिए स्त्री को सहधर्मिणी कहते हैं। जगन्माता भी भगवान शिव की विवाहिता हैं।"

सेवक ने सोचा कि सब समझा दिया; कपालकुंडला ने मन में समझा कि सब समझ लिया, बोली– "तो ऐसा ही हो, किंतु उन्हें त्यागकर जाने का मेरा मन नहीं करता है। उन्होंने (कापालिक) इतने दिनों तक मेरा प्रतिपालन किया है।"

सेवक-किसलिए इतने दिनों तक प्रतिपालन किया, यह तुम नहीं जानती। तुम नहीं जानती कि बिना स्त्री का सतीत्व नाश किए तांत्रिक क्रिया पूर्ण नहीं होती। मैंने तंत्रशास्त्र पढ़ा है। माता जगदंबा जगत की माता हैं। वे ही सती का सतीत्व और सतियों में प्रधान हैं। वे सतीत्व का नाश करने वाली पूजा कभी ग्रहण नहीं करती, इसीलिए मैं महापुरुष का अनाभिमत साधन कर रहा हूँ। तुम यदि भागोगी, तो कभी कृतघ्न न कहलाओगी। अब तक सिद्धि का समय उपस्थित नहीं हुआ है, केवल इसीलिए तुम्हारी रक्षा हुई है। आज तुमने जो कार्य किया है, उसमें प्राणों की भी आशंका है, इसीलिए कहता हूँ कि मातेश्वरी भवानीजी की भी ऐसी आज्ञा है, अतएव जाओ मैं अपने यहां यदि रख सकता तो अवश्य रख लेता, लेकिन तुम तो जानती हो, इसका कोई भरोसा नहीं है।

कपालकुंडला- तो विवाह ही हो जाए।

यह कहकर दोनों मंदिर से बाहर निकलें। एक कमरे में कपालकुंडला को बैठाकर सेवक नवकुमार की शैया के पास जाकर सिरहाने बैठ गया। उन्होंने पूछा– "महाशय! सो रहे हैं क्या?"

नवकुमार को नींद नहीं आ रही थी, अपनी दशा का ध्यान आ रहा था। बोले– "जी नहीं।"

सेवक ने कहा– "महाशय परिचय लेने के लिए एक बार आया हूँ। आप ब्राह्मण हैं?"

नवकुमार-जी हाँ।

सेवक-किस श्रेणी के है?

नवकुमार-राढ़या।

सेवक-हम लोग भी राढ़ देशीय हैं- उत्कल ब्राह्मण समझ लीजिएगा। कृपाचार्य वंश के हैं, फिर भी इस समय माता के चरणों में रहता हूँ। महाशय का क्या नाम है?

नवकुमार-नवकुमार शर्मा।

सेवक-निवास?

नवकुमार-सप्तग्राम।

सेवक-आपका गोत्र?

नवकुमार-बंध्यघटी।

सेवक-कितनी शादियां की हैं?

नवकुमार-केवल एक।

नवकुमार ने सारी बातें खोलकर नहीं कहीं वास्तव में उसकी एक भी स्त्री न थी। उन्होंने रामगोविंद घोष की कन्या के साथ शादी की थी। शादी के बाद कुछ दिनों तक पद्मावती पिता के घर रही, बीच-बीच में ससुराल भी आती थी। जब उसकी उम्र तेरह वर्ष की हुई, तो उसी समय उसके पिता सपरिवार पुरुषोत्तम दर्शन के लिए गए। उस समय पठान लोग अकबर बादशाह द्वारा बंगाल से विस्थापित होकर सदलबल उड़ीसा में थे। उनके दमन के लिए अकबर द्वारा यथोचित यत्न हो यहा था। जब रामगोविंद घोष उड़ीसा से वापस होने लगे, तो उस समय दोनों दलों में युद्ध शुरू हो गया। अतः घर लौटते समय वे सपरिवार पठानों के हाथ पड़ गए। पठान उस समय विवेकशून्य असभ्य हो रहे थे। वे लोग निरपराधी पथिकों के प्रति अर्थ के लिए बल प्रयोग करने लगे। रामगोविंद जरा कड़वे मिजाज के थे, पठानों को गाली आदि दे बैठे। इसका फल यह हुआ कि वे लोग गिरफ्तार कर लिए गए। अंत में घोष महाशय को जब अपना धर्म परित्याग करना पड़ा, तो कैद से छुटकारा मिला।

इस तरह रामगोविंद परिवार सहित प्राण लेकर घर तो अवश्य आए, किंतु विधर्मी मुसलमान होने के कारण आत्मीय जनों द्वारा बहिष्कृत हो गए। उस समय नवकुमार के पिता जीवित थे; अतः उन्हें भी जातिच्युत होने के डर से जाति त्रस्त पुत्रवधु का त्याग करना पड़ा। इसके बाद नवकुमार की अपनी पत्नी के साथ मुलाकात हो न सकी।

कुटुंबियों द्वारा त्यक्त तथा जातिच्युत होकर रामगोविंद घोष अधिक दिनों तक बंगाल में टिक न सके। कुछ तो इस कारणवश और कुछ राजदरबार में उच्चपदस्थ होने के लोभ से वे दिल्ली के महल में जाकर रहने लगे। धर्मांतर ग्रहण करने पर उन्होंने सपरिवार मुस्लिम नाम धारण कर लिया था। राजमहल चले जाने के बाद से श्वसुर या पत्नी की कोई भी खबर नवकुमार को न लगी। जाने का कोई साधन और आवश्यकता भी न थी। इसके बाद विरागवश नवकुमार ने फिर शादी न की, इसीलिए कहा जा सकता है कि नवकुमार की एक भी शादी नहीं हुई।

सेवक यह सब बात न जानता था। उन्होंने मन में सोचा 'कुलीन की दो शादियों में हर्ज ही क्या है?' उन्होंने प्रकट रूप में कहा– "आपसे एक बात पूछने के लिए आया था और वह बात यह है कि जिस कन्या ने आपकी प्राणरक्षा की है, उसने परहितार्थ आत्मप्राण नष्ट किया है। जिस महापुरुष के पास अब तक यह प्रतिपालित हुई है, वह बड़े भयंकर स्वभाव का है। उसके पास फिर लौटकर जाने में जो दशा आपकी हुई थी, वही दशा इसकी होगी। इसके प्रतिकार का कोई उपाय क्या आप निकाल सकते हैं?"

नवकुमार उठकर बैठ गए, बोले– "मैं भी ऐसी ही आशंका कर रहा था। आप सब कुछ जानते हैं, इसका कोई उपाय कीजिए। मेरे प्राण देने से भी यदि कोई उपकार हो सके तो उस पर भी राजी हूँ। मैं तो यह विचार करता हूँ कि मैं उस नरहंता के पास स्वयं चला जाऊं, तो शायद उसके प्राण बच जाएंगे।"

सेवक ने हंसकर कहा– "तुम पागल हो रहे हो। इससे क्या फायदा होगा? तुम्हारा प्राणनाश तो होगा ही, साथ ही इस बेचारी पर भी उसका क्रोध कम न होगा। इसका केवल एक ही उपाय है।"

नवकुमार कैसा उपाय हैं?

सेवक-आपके साथ इसका पलायन, लेकिन यह कठिन है। हमारे यहां रहने पर दो-एक दिन में ही तुम लोग फिर पकड़ लिए जाओगे। इस देवालय में उस महापुरुष का आना-जाना प्रायः हुआ करता है। अतः कपालकुंडला के भाग्य में अशुभ ही दिखाई पड़ता है।

नवकुमार ने आग्रह के साथ पूछा– "मेरे साथ भागने में कठिनाई क्या है?"

सेवक-किसकी कन्या है-किस कुल में इसका जन्म हुआ है-यह आप कुछ भी नहीं जानते। किसकी पत्नी है-किस चरित्र की है, यह भी नहीं जानते, फिर क्या आप इसे संगिनी बनाएंगे? संगिनी बनाकर ले जाने पर भी क्या आप इसे अपने घर में स्थान देंगे और यदि आपने स्थान न दिया तो यह अनाथ कहां जाएगी?

नवकुमार ने थोड़ा विचार करने के बाद कहा– "अपनी प्राणरक्षिका के लिए ऐसा कोई कार्य नहीं, जिसे मैं न कर सकूं। यह मेरी परिवारभुक्ता होकर रह सकेगी।"

सेवक-ठीक है, लेकिन जब आपके आत्मीय स्वजन पूछेंगे कि यह किसकी स्त्री है तो आप क्या उत्तर देंगे?

नवकुमार ने चिंता करके कहा– “आप ही इसका परिचय मुझे बता दें। आप जो कहेंगे, मैं वही कहूँगा।

सेवक-अच्छा, लेकिन इस लंबी राह में कोई पंद्रह दिनों तक एक दूसरे की बिना सहायता के कैसे रह सकोगे? लोग देख-सुनकर क्या कहेंगे? फिर संबंधियों से क्या कहोगे? इधर मैं भी इस कन्या को पुत्री कह चुका हूँ: मैं भी एक अज्ञात युवक के साथ परदेश कैसे जाने दे सकता हूँ।

बीच का दलाल, दलाली में कम नहीं है।

नवकुमार ने कहा– “आप भी साथ चलिए।”

सेवक-मैं साथ जाऊंगा तो भवानी की पूजा कौन करेगा?

नवकुमार ने क्षुब्ध होकर कहा– “तो क्या आप कोई उपाय नहीं कर सकते?”

सेवक-उपाय केवल एक है, लेकिन वह भी आपकी उदारता पर निर्भर करता है।”

नवकुमार-वह क्या है? मैं किस बात में अस्वीकृत हूँ? क्या उपाय है, बताइए?

सेवक-सुनिए, यह ब्राह्मण कन्या है। इसका हाल मैं अच्छी तरह जानता हूँ। यह कन्या बाल्यकाल में किरिस्तानों द्वारा अपहृत करके ले जाई जा रही थी और जहाज टूट जाने के कारण इसी समुद्र तट पर छोड़ दी गई। वह सब हाल बाद में आपको उस कन्या से ही मालूम हो जाएगा। इसके बाद कापालिक ने इसे अपनी सिद्धि का उपकरण बनाकर इसका प्रतिपालन किया। शीघ्र ही वह अपना प्रयोजन सिद्ध करता, लेकिन समय अनुकूल न होने के कारण कुछ न कर सका। इसी कारण यह कन्या अभी तक अविवाहित है और साथ ही चरित्र में पवित्र है। आप इसके साथ शादी कर लें। कोई कुछ भी इस प्रकार कह न सकेगा। मैं यथाशास्त्र विवाह कार्य पूरा करा दूंगा।

नवकुमार शैया से उठ खड़े हुए। वे तेजी से उस कमरे में इधर-उधर घूमने लगे। उन्होंने कोई उत्तर नहीं दिया।

सेवक ने थोड़ी देर बाद फिर कहा– “इस समय सोएं। मैं कल बड़े सुबह सवेरे जगा दूंगा। यदि इच्छा होगी, अकेले चले जाइएगा। मैं आपको मेदिनीपुर की राह पर छोड़ आऊंगा।”

9

देवी मंदिर में

सुबह सवेरे ही सेवक ने नवकुमार के पास आकर देखा कि अभी तक नवकुमार सोए न थे, पूछा– "अब बताइए, क्या करना चाहिए?"

नवकुमार ने कहा– "आज से कपालकुंडला मेरी धर्मपत्नी हुई। इसके लिए यदि मुझे संसार का त्याग भी करना पड़ेगा तो करूंगा। कन्यादान कौन करेगा?"

सेवक घटक चूड़ामणि का चेहरा हर्ष से खिल उठा, मन-ही-मन सोचा- 'इतने दिनों बाद जगदंबा की कृपा से जान पड़ता है, मेरी कपालिनी का ठिकाना लगा।' प्रकट में कहा– "मैं कन्यादान करूंगा।" यह कहकर यह अपने शयनकक्ष में गया और एक पुरानी थैली में से है एक पत्र निकाल लाया। पत्र पुराना ताड़पत्र का था। उसे मजे में देखकर उन्होंने कहा– "यद्यपि आज लग्न नहीं है, लेकिन शादी में कोई हर्ज नहीं। गोधूलिकाल में कन्यादान करूंगा। तुम्हें आज केवल व्रत रहना होगा, शेष लौकिक कार्य घर जाकर पूरे कर लेना। एक दिन के लिए तुम लोगों को छिपाकर रख सकूंगा। ऐसा स्थान मेरे पास है। आज यदि कापालिक आएगा तो तुम्हें खोज न पाएगा। इसके बाद शादी हो जाने पर कल सवेरे सपत्नी घर चले जाना।"

नवकुमार इस पर राजी हो गए। इस अवस्था में जहां तक संभव हो सका, वहां तक यथाशास्त्र कार्य हुआ। गोधूलि लग्न में नवकुमार के साथ कापालिक पालित संन्यासिनी का विवाह हो गया। कापालिक को कोई खबर नहीं लगी। दूसरे दिन सवेरे तीनों जन यात्रा का उद्योग करने में लगे कि सेवक उन्हें मेदिनीपुर की राह पर छोड़ आएंगे। यात्रा के समय कपालकुंडला कालिका देवी को प्रणाम करने के लिए गई। भक्तिभाव से प्रणाम कर पुष्पपात्र से एक अभिन्न बिल्व पत्र उठाकर कपालकुंडला ने देवी के चरणों पर चढ़ा दिया और ध्यानपूर्वक उसे देखती रही,

लेकिन वह बिल्व पत्र गिर गया। कपालकुंडला बड़ी ही भक्तिपरायण है। बिल्व पत्र को देवी की प्रतिमा के चरणों से च्युत होते देखकर बहुत डरी। उसने यह हाल सेवक से भी कहा। सेवक भी दुखी हुआ, बोला– "अब दूसरा कोई चारा नहीं है। अब पति ही तुम्हारा धर्म है। पति कहीं श्मशान में भी जाए' तो तुम्हें साथ ही जाना होगा। अतएव नि:शब्द होकर चलो।"

सब लोग चुपचाप चले। बहुत दिन ढले, वे लोग मेदिनीपुर की राह में पहुंचे। वहां तक पहुंचाकर सेवक विदा हुआ तो कपालकुंडला रोने लगी। पृथ्वी पर जो कपालकुंडला को सबसे ज्यादा प्रिय था, वह विदा हो रहा था, उससे अब मुलाकात नहीं होने वाली थी। सेवक भी रोने लगा। आंखों से आंसू पोंछकर कपालकुंडला से धीरे से कहा– "बेटी, तू तो जानती है, भगवती की कृपा से मेरे पास पैसों की कमी नहीं है। प्रत्येक व्यक्ति पूजा देता है। तेरी धोती के किनारे मैंने जो बाँध दिया है, उसे स्वीकार कर अपने पति को देकर कहना पालकी आदि का प्रबंध कर लेंगे। बेटी! संतान समझकर मेरी किसी बात को अन्यथा न लेना।"

सेवक यह देखते हुए रोकर विदा हुआ। कपालकुंडला भी रोती आगे बढ़ी।

द्वितीय खंड

सुंदरी की उम्र कोई सत्ताईस वर्ष की होगी मानो भादों मास की भरी हुई नदी। भादों मास के नदी जल की तरह रूपराशि झलझला रही है-उछली पड़ती है। वर्षा की अपेक्षा नयन की सर्वापेक्षा, उस सौंदर्य का बहाव मुग्धकारी है। पूर्ण यौवन के कारण समूचा शरीर थोडा चंचल है, बिना वायु के नवशरत् की नदी जैसे मंथर चंचलता होती है, ठीक वैसी ही चंचल; वह चंचलता क्षण-क्षण पर नई-नई शोभा के विकास का कारण है। नवकुमार निमेषशून्य हो उस नित्य नव शोभा को निरख रहे थे।

मृण्मयी- जब इन ब्राह्मण संतान के साथ मुलाकात नहीं हुई थी, तो उस समय भी तो मैं योगिनी ही थी।

श्यामासुंदरी- अब ऐसे न रह पाओगी।

मृण्मयी- क्यों न रह पाऊंगी?

श्यामासुंदरी – क्यों? देखोगी? तुम्हारे योग को तोड़ दूंगी। पारस पत्थर किसे कहते हैं, जानती हो?

मृण्मयी ने कहा– "नहीं।"

श्यामासुंदरी-पारस पत्थर के स्पर्श से रांगा भी सोना हो जाता है।

मृण्मयी – तो इससे क्या!

श्यामासुंदरी – औरतों के पास भी पारस पत्थर होता है।

मृण्मयी – वह क्या?

श्यामासुंदरी-पुरुष! पुरुष की हवा से योगिनी भी गृहिणी हो जाती है। तूने उसी पारस पत्थर को छुआ है!

1

शाही राह पर

किसी लेखक ने कहा है– "मनुष्य का जीवन काव्य विशेष है।" कपालकुंडला के जीवनकाव्य का एक सर्ग समाप्त हुआ। इसके बाद...?

नवकुमार ने मेदिनीपुर पहुंचकर सेवक प्रदत्त धन के बल से कपालकुंडला के लिए एक दासी एक रक्षक और शिविका वाहक नियुक्त कर उसे शिविका पर चढ़ाकर आगे भेजा। पैसे अधिक न होने के कारण वह स्वयं पैदल चले। नवकुमार एक दिन पहले के परिश्रम से थके हुए थे। दोपहर के भोजन के बाद पालकी ढोने वाले कहार उन्हें पीछे छोड़ बहुत आगे निकल गए। क्रमशः संध्या हुई शीतकाल के विरल बादलों से आकाश भरा हुआ था। संध्या भी बीती। पृथ्वी ने अंधकार वस्त्र से अपने को ढक लिया। कुछ बूंदा बांदी भी होने लगी।

नवकुमार कपालकुंडला के साथ एकत्र होने के लिए व्यग्र होने लगा। उन्होंने मन में सोचा था कि आगे की सराय में मुलाकात होगी, लेकिन पालकी वहां भी न थी।

रात लगभग 8 बजे का समय हो गया। नवकुमार तेजी से पैर उठाते हुए आगे बढ़ रहे थे। एकाएक कोई कड़ी चीज उनके पैरों के नीचे आई और ठोकर लगी। पैर की ठोकर से वह वस्तु कड़कड़ाकर टूटी। नवकुमार खड़े हो गए; फिर पैर बढ़ाया, लेकिन फिर ऐसा ही हुआ। पैर से लगने वाली चीज को हाथ से उठाकर देखा, वह टूटा हुआ तख्ता था।

आकाश के बादलों से घिरे रहने पर भी प्रायः ऐसा अंधकार नहीं रहता कि कोई बड़ी वस्तु दिखाई न पड़े। सामने कोई बहुत बड़ी चीज पड़ी थी।

नवकुमार ने गौर से देखकर जान लिया कि वह चीज टूटी हुई पालकी है। पालकी देखते ही नवकुमार का हृदय कांप उठा और कपालकुंडला के विपत्ति में पड़ने की आशंका हुई।

शिविका की तरफ आगे बढ़ने पर किसी कोमल वस्तु से उनका पदस्पर्श हुआ। यह स्पर्श कोमल, मनुष्य जैसा जान पड़ा। तुरंत बैठकर हाथ से टटोलकर देखा कि मनुष्य शरीर ही था, लेकिन साथ ही कोई द्रव्य पदार्थ भी हाथ से लगा है, मनुष्य शरीर, लेकिन बर्फ जैसा ठंडा।

नवकुमार ने नाड़ी देखी चलती न थी। क्या यह मृत है? विशेष मन लगाकर देखा, श्वास-प्रश्वास का शब्द सुनाई पड़ रहा था। श्वास हैं, तो नाड़ी क्यों नहीं चलती है? क्या यह रोगी है?

नाक पर हाथ रखकर देखा, सांस बिलकुल जान न पड़ती है, फिर यह शब्द कैसा? शायद कोई जीवित व्यक्ति भी यहां है; यह सोचकर पूछा– "कोई यहां जिंदा है?"

धीमे स्वर में उत्तर मिला– "है।"

नवकुमार ने पूछा– "तुम कौन हो?"

उत्तर मिला– "तुम कौन हो?"

नवकुमार को यह स्वर स्त्री के जैसा जान पड़ा। व्यग्र होकर उन्होंने पूछा– "क्या कपालकुंडला?"

स्त्री ने कहा– "कपालकुंडला कौन है, मैं नहीं जानती–पथिक हूँ, अवश्य ही डाकुओं के द्वारा निकुंडला हुई हूँ।"

व्यंग्यात्मक स्वर सुनकर नवकुमार ने कुछ प्रसन्न होते हुए पूछा– "क्या हुआ है?"

उत्तर देने वाली ने कहा– "डाकुओं ने मेरी पालकी तोड़ दी। मेरे एक रक्षक को मार डाला। बाकी सब भाग गए और डाकुओं ने मेरे अंग के सारे गहने लेकर मुझे पालकी से बांध दिया।"

नवकुमार ने अंधकार में ही जाकर देखा कि वस्तुतः एक स्त्री पालकी में कसकर कपड़े से बंधी है। नवकुमार ने शीघ्रतापूर्वक उसके बंधन खोलकर पूछा- क्या तुम उठ सकोगी?"

स्त्री ने जवाब दिया– "मेरे पैर में लाठी की चोट लगी है। पैर में दर्द है, फिर भी, जरा सहायता मिलते ही उठ खड़ी हूँगी।"

नवकुमार ने हाथ बढ़ा दिया। रमणी उसकी सहायता से उठी। नवकुमार ने पूछा– "क्या चल सकोगी?"

इस प्रश्न का कोई जवाब न देकर रमणी ने पूछा– "आपके पीछे क्या कोई पथिक आ रहा था?"

नवकुमार ने कहा– "नहीं।"

स्त्री ने फिर पूछा– "यहां से सराय कितनी दूर है?"

नवकुमार ने जवाब दिया– "कितनी दूर है, यह तो मैं नहीं कह सकता, लेकिन जान पड़ता है कि निकट ही है?"

स्त्री ने कहा– "अंधेरी रात में अकेली जंगल में बैठकर क्या करूंगी; आपके साथ अगली मंजिल तक चलना ही उचित है। शायद कोई सहारा पाने पर चल सकूंगी।"

नवकुमार ने कहा– "विपदकाल में संकोच करना मूर्खता है। मेरे कंधे का सहारा लेकर चलो।"

स्त्री ने भी मूर्ख कार्य न किया। नवकुमार के कंधे का सहारा लेकर वह चली।

सचमुच सराय करीब ही थी। उन दिनों में सराय के करीब भी ऐसे दुष्कांड हुआ करते थे। इसमें डाकू कोई संकोच न करते थे। थोड़ी ही देर बाद नवकुमार उस स्त्री को साथ लेकर सराय में जा पहुंचे।

नवकुमार ने देखा कि इसी सराय में कपालकुंडला भी पहुंच गई है। उनकी दासियों ने उनके लिए एक कमरा ले रखा था। नवकुमार ने अपने साथ आई उस रमणी के लिए अपने बगल की कोठरी ठीक कर उसे उसमें बैठाया। आज्ञानुसार घर की मालकिन एक प्रदीप उस कमरे में रख गई। प्रदीप प्रकाश में अब नवकुमार ने देखा कि वह रमणी असाधारण सुंदरी है। रूपराशितरंग में उसके यौवन की शोभा श्रावण मास की भरी हुई नदी की तरह पूर्णतया प्लावित होती हुई प्रतीत हो रही है।

2

सराय में

यदि रमणी निर्दोष सौंदर्य विशिष्टा होती, तो कहता, पुरुष पाठक! यह आपकी गृहिणी जैसी सुंदरी है और सुंदरी पाठिका रानी! यह आपकी शीशे में पड़ने वाली प्रतिच्छाया जैसी है। ऐसा होने से रूप-वर्णन का शीघ्र ही अंत हो जाता। दुर्भाग्यवश यह सर्वांग सुंदरी नहीं है, इसलिए निरस्त होना पड़ता है।

यह निर्दोष सुंदरी नहीं है, यह कहने का प्रथम कारण यह है कि इसका शरीर मध्यम आकृति की अपेक्षा कुछ दीर्घ है। दूसरे अधरोष्ट चपटे हैं, तीसरे वास्तविक रूप में यह गोरी भी नहीं है।

शरीर कुछ दीर्घ अवश्य है, लेकिन हाथ, पैर, हृदयादि सर्वांग सुडौल तथा परिपूर्ण हैं। वर्षाकाल में लता जैसे अपने पत्रादि की बहुलता के कारण भरी-पूरी और झलझलाती रहती है, वैसे ही इस कामिनी की देह-लता भी पूर्णता में उनमें हुए झलझला रही है अतएव शरीर के कुछ दीर्घ होने पर भी वह पूर्णता के कारण शोभा का कारण हो गया है। हम जिन्हें वास्तव में गौरांगी कहते हैं, उनमें से किसी का रंग पूर्णचंद्र कौमुदी की तरह, किसी का कुछ लाली लिए उषा जैसा होता है। इस रमणी का वर्ण इन दोनों में कोई भी नहीं, अतः इसे प्रकृत गौरांगी न कहे जाने पर भी इसका वर्ण मनोमुग्धकरी अवश्य है। जो हो यह श्याम वर्ण है। 'श्यामा' या 'श्याम वर्ण कृष्ण' का जो रंग वर्णित है, यह वह रंग नहीं है। तप्तकांचन विशिष्ट श्याम वर्ण है। यह पूर्णचंद्र करलेखा या हेमांबुदकिरीटिनी उषा यदि गौरागियों की प्रतिमा है, तो वसंतजनित नवआम्रमंजरी की शोभा इन श्यामांगियों की भी है। पाठकों में अनेक गौरांग वर्ण की प्रतिष्ठा करते होंगे, लेकिन यदि कोई श्याम की माया से मुग्ध है, तो उन्हें हम वर्णज्ञान शून्य नहीं कह सकते। इस बात से जिन्हें विरक्ति पैदा होती हो, वह कृपा करके एक बार नवमंजरी विहारी भ्रमर श्रेणी की

तरह इस उज्ज्वल श्यामललाट विलंबी अलकावली की याद करें। उस सप्तमी चंद्राकृति ललाट के नीचे की वक्र भृकुटि की याद करें, उन पके हुए आमपुष्प के रंग वाले कपोलों को याद करें, उसके बीच लाल-लाल छोटे-छोटे अधर याद करें, तब जाकर इस अपरिचिता रमणी को सुंदरी प्रधान समझ और अनुभव कर सकेंगे। दोनों आंखें – एकदम बड़ी-बड़ी नहीं हैं, लेकिन बड़ी ही बंकिम सुरेखा वाली हैं और उनमें बड़ी ही चमक है। उसका कटाक्ष स्थिर, लेकिन मर्मभेदी है। यदि तुम्हारे ऊपर उसको दृष्टि पड़े तो यही समझोगे कि वह तुम्हारे हृदय तक का हाल देख रही है। देखते-ही-देखते उस मर्मभेदी दृष्टि से भावांतर हो जाता है, आंखें सुकोमल स्नेहमय रस से गली जाती हैं और कभी-कभी उनमें सुखावेशजनित क्लांति ही दिखाई देती है मानो वह नयन नहीं, मन्मथ की स्वप्न शैया है। कभी लालसा विस्फारित मदनरस से झलझलाती रहती है और कभी उस लोल कटाक्ष में मानो बिजली कौंधती रहती है। मुख की कांति में दो अनिर्वचनीय शोभाएं हैं; पहली सर्वत्रगामिनी बुद्धि का प्रभाव, दूसरी महान आत्मगरिमा। इस कारण जब वह मराल जैसी ग्रीवा टेढ़ी कर खड़ी होती है, तो सहज ही जान पड़ता है कि यह रमणी कुलराजी है।

सुंदरी की उम्र कोई सत्ताईस वर्ष की होगी मानो भादों मास की भरी हुई नदी। भादों मास के नदी-जल की तरह रूपराशि झलझला रही है-उछली पड़ती है। वर्षा की अपेक्षा नयन की सर्वापेक्षा, उस सौंदर्य का बहाव मुग्धकारी है। पूर्ण यौवन के कारण समूचा शरीर थोडा चंचल है, बिना वायु के नदी जैसे मंधर चंचला होती है, ठीक वैसी ही चंचल; यह चंचलता क्षण-क्षण नवशरत् की पर नई-नई शोभा के विकास का कारण है। नवकुमार निमेषशून्य हो उस नित्य नव शोभा को निरख रहे थे।

सुंदरी नवकुमार की निमेषशून्य आंखें देखकर बोली" क्या देखते हैं? मेरा सौंदर्य!"

नवकुमार भले आदमी थे, अप्रतिभ होकर शरमाते हुए उन्होंने आंखें नीची कर लीं। नवकुमार को निरुत्तर देख अपरिचित रमणी ने फिर हंसकर कहा– "आपने क्या कभी किसी युवती को देखा नहीं है अथवा में ही बहुत सुंदर दिखाई देती हूँ?"

यह बात सहज ही कही गई होती तो तिरस्कार जैसी जान पड़ती, लेकिन रमणी ने जिस हंसी के साथ कहा था, उससे व्यंग्य के अतिरिक्त और कुछ जान नहीं पड़ा। नवकुमार ने देखा कि रमणी बड़ी मुखर है; फिर भला मुखरा की बात का जवाब क्यों न देते, बोले– "मैंने युवतियों को देखा है, लेकिन ऐसी सुंदरी को नहीं।"

रमणी ने सगर्व पूछा– "क्या एक को भी नहीं?"

नवकुमार के हृदय में कपालकुंडला का रूप जाग रहा था; उन्होंने भी सगर्व उत्तर दिया– "एक को भी नहीं, ऐसा तो नहीं कह सकता।"

पत्थर पर मानो लोहे का आघात हुआ। उत्तरकारिणी ने कहा– "तब तो ठीक है? क्या वह आपकी गृहिणी है?"

नवकुमार-क्यों? गृहिणी, मन में क्या सोचती हो?

स्त्री-बंगाली लोग अपनी गृहिणी को सबसे ज्यादा सुंदर समझते हैं।

नवकुमार–मैं बंगाली अवश्य हूँ, लेकिन आप भी तो बंगाली की तरह ही बातें कर रही हैं, तो आप किस देश की हैं?

युवती ने अपनी पोशाक की लटक देखकर कहा– "अभागिनी बंगाली नहीं है। पश्चिम प्रदेशवासी मुसलमान है।

नवकुमार ने मजे में देखकर सोचा, पहनावा तो जरूर पश्चिम देशीय मुसलमानों की तरह है, लेकिन बोली बिलकुल बंगालियों जैसी है।

थोड़ी देर बाद तरुणी ने कहा– "महाशय वाक्चातुरी से आपने मेरा परिचय तो से लिया अब आप अपना परिचय दें। जिस घर में वह अद्वितीय रूपसी गृहिणी है, वह घर कहां है?"

नवकुमार ने कहा– "मेरा घर सप्तग्राम में है।"

विदेशिनी ने कोई उत्तर न दिया। सहसा मुंह फेरकर वह प्रदीप उज्ज्वल करने लगी।

थोड़ी देर बाद बिना मुंह उठाए ही बोली– "दासी का नाम मोती है। महाशय का नाम क्या है, सुन सकती हूँ?"

नवकुमार ने कहा– "नवकुमार शर्मा।"

प्रदीप बुझ गया।

3

सुंदरी–संदर्शन

नवकुमार ने गृहस्वामिनी को बुलाकर दूसरा दीपक लाने के लिए कहा। दूसरा दीपक लाए जाने से पहले नवकुमार ने उस सुंदरी को एक दीर्घ निःश्वास लेते सुना। दीपक लाए जाने के थोड़ी देर बाद ही वहां एक नौकर वेश में मुसलमान उपस्थित हुआ। विदेशिनी ने उसे देखकर कहा– "यह क्या तुम लोगों को इतनी देर क्यों हुई? अन्य सब कहां हैं?"

नौकर ने कहा– "पालकी ढोने वाले सब मतवाले हो रहे थे। उन सबको बटोरकर ले आने में हम लोग पालकी से बहुत ही पीछे छूट गए। इसके बाद टूटी पालकी और आपको न देखकर हम लोग पागल-से हो गए। अभी बहुत लोग उसी जगह हैं और कुछ दूसरी तरफ आपकी खोज में गए हैं। मैं खोजने के लिए इधर आया।"

मोती ने कहा– "उन सबको ले आओ।"

नौकर सलाम कर चला गया। विदेशिनी कुछ समय तक दुड्डी पर हाथ रखे बैठी रही।

नवकुमार ने विदा होना चाहा। इसके बाद मोती बीबी ने स्वप्नोत्थिता की तरह एकाएक खड़ी होकर पूछा– "आप कहां रहेंगे?"

नवकुमार-यहीं बगल के कमरे में।

मोती-आपके कमरे के सामने एक पालकी रखी थी। क्या आपके साथ कोई है?

"मेरी स्त्री मेरे साथ है।"

मोती बीबी ने फिर व्यंग्य का अवकाश पाया, बोली– "वही अद्वितीय रूपवती है?"

नवकुमार-देखने से स्वयं समझ सकोगी।

मोती-क्या मुलाकात हो सकेगी?

नवकुमार–(विचारकर) हर्ज क्या है?

मोती-सो कृपा कीजिए न! अद्वितीय रूपवती को देखने की बड़ी इच्छा हो रही है। आगरा जाकर मैं कहना चाहती हूँ, लेकिन अभी नहीं अभी आप जाएं। थोड़ी देर बाद मैं खबर दूंगी।

नवकुमार चले गए। थोड़ी देर बाद बहुतेरे आदमी, दास-दासी और वाहक संदूक आदि लेकर उपस्थित हुए। एक पालकी भी आई। उसमें एक दासी थी। इसके बाद नवकुमार के पास खबर आई "बीबी आपको याद करती है।"

नवकुमार मोती बीबी के पास फिर वापस आए। देखा, इस बार दूसरा ही रूपांतर है। मोती बीबी ने पूर्व पोशाक बदलकर स्वर्णमुक्तादि से शोभित वेशभूष धारण की है। सूनी देह अलंकारों से सज गई है। जिस जगह जो पहना जाता है-कानों में, कबरी में, कपाल में, आंखों के बगल में, कंठ में, हृदय पर, बाजू आदि सब जगह सोने के आभूषणों में हीरकादि रत्न झलक रहे थे।

नवकुमार की आंखें नाच उठीं। अधिकांश स्त्रियां अधिक आभूषण पहन लेने पर श्रीहीन हो जाती हैं-अनेक सजाई गई पुतली की तरह दिखाई पड़ने लगती हैं, लेकिन मोती बीबी में श्रीहीनता नहीं आई थी। प्रभूत नक्षत्रमाला – भूषित आकाश की तरह उसकी देह पर अलंकार शोभा दे रहे थे। शरीर की माधुरी पर वे अलंकार मिलकर अद्भुत छटा दिखा रहे थे। शरीर का सौंदर्य और बढ़ गया था।

मोती बीबी ने नवकुमार से कहा– "महाशय! चलिए आपकी पत्नी के साथ परिचय प्राप्त कर आएं।"

नवकुमार– "इसके लिए अलंकार पहनने की तो कोई जरूरत थी ही नहीं। मेरे परिवार में तो गहना है नहीं।"

मोती बीबी-गहनों को दिखाने के लिए ही पहन लिया है। आप नहीं जानते, स्त्रियों के पास गहने रहें और न दिखाएं, यह हो नहीं सकता। यह स्त्री–प्रकृति है। खैर, चलिए चलें।

नवकुमार मोती बीबी को साथ लेकर चले। जो दासी पालकी पर आई थी, वह भी साथ चली। उसका नाम पेशमन था।

कपालकुंडला दुकान जैसे कमरे की मिट्टी के फर्श पर बैठी थी। एक धीमी रोशनी का दीपक जल रहा था। आबद्ध निविड़ केशराशि पीछे के हिस्से में अंधकार किए हुई थी।

मोती बीबी ने पहले उन्हें जब देखा, तो होंठ के किनारे की ओर आंखों में कुछ हंसी की रेखा दिखाई दी। अच्छी तरह देखने के लिए वह दीपक उठाकर कपालकुंडला के चेहरे के पास ले आई, लेकिन देखते ही फिर हंसी उड़न छू हो गई। मोती बीबी का चेहरा गंभीर हो गया। वह अनिमेष लोचन से उस सौंदर्य को देखती रह गई। कोई कुछ न बोला। मोती मुग्ध थी- कपालकुंडला कुछ विस्मित थी।

थोड़ी देर बाद मोती बीबी अपने शरीर से गहने उतारने लगी। इस तरह अपने शरीर से गहने उतारकर वह एक-एक करके कपालकुंडला को पहनाने लगी। कपालकुंडला कुछ न बोली।

नवकुमार कहने लगे– “यह क्या करती हैं?”

मोती बीबी ने इसका कोई जवाब नहीं दिया।

अलंकार-सज्जा समाप्त कर और अच्छी तरह निरखकर मोती बीबी ने कहा– “आपने सच कहा था। ऐसे फूल राजोद्यान में भी नहीं खिलते। दुःख यही है कि इस रूपराशि को राजधानी में न दिखा सकी। ये गहने इसी शरीर के उपयुक्त हैं, इसीलिए मैंने पहना दिए हैं। आप भी इन्हें देखकर कभी-कभी मुखरा विदेशिनी को याद किया करेंगे।”

नवकुमार ने चमत्कृत होकर कहा– “यह क्या! यह सब बहुमूल्य अलंकार हैं, मैं इन्हें क्यों लूं?”

मोती ने कहा– “ईश्वर की कृपा से मेरे पास बहुत हैं। मैं निराभरणा न रहूँगी। इन्हें पहनाकर यदि सुखी होती हूँ, तो उसमें व्यवधान क्यों उपस्थित करते हैं?”

यह कहती हुई मोती बीबी दासी के साथ वापस चली गई। अकेले में पहुंचने पर पेशमन ने मोती बीबी से पूछा – “बीबी, यह शख्स कौन है?”

यवनबाला ने उत्तर दिया– “मेरा शौहर।”

4

पालकी सनारी से

अब उन गहनों की क्या दशा हुई? सुनो! मोती बीबी ने गहने रखने के लिए हाथीदांत का बना एक बक्स भेज दिया। उस बक्स (संदूक) पर चांदी जड़ी हुई थी। डाकुओं ने बहुत थोड़ी ही चीजें लूटी थी पास में जो कुछ था, वही लूटा इसके अतिरिक्त पीछे सेवकों के पास जो था, वह बच गया था।

नवकुमार ने दो एक गहने कपालकुंडला के शरीर पर छोड़कर शेष सब संदूक में रख दिया। दूसरे दिन सवेरे मोती बीबी ने वर्द्धमान की तरफ और नवकुमार ने सप्तग्राम की तरफ यात्रा की।

नवकुमार ने कपालकुंडला को पालकी पर बैठाकर गहनों का संदूक साथ ही रख दिया। कहार सहज ही नवकुमार को पीछे छोड़ आगे बढ़ गए। कपालकुंडला पालकी का दरवाजा खुला रखकर चारों तरफ देखती जा रही थी। एक भिक्षुक उसे देख दौड़ लगाकर भीख मांगता हुआ पालकी के साथ-साथ चलने लगा।

कपालकुंडला ने कहा– "मेरे पास तो कुछ भी नहीं है, तुम्हें क्या दु?"

भिक्षुक ने कपालकुंडला के अंग के गहने दिखाकर कहा– "यह क्या कहती हो मां! तुम्हारे पास हीरे-मोती के गहने हैं-तुम्हारे पास क्या नहीं है?"

कपालकुंडला ने पूछा– "गहना पा जाने से तुम संतुष्ट हो जाओगे?"

भिक्षुक कुछ विस्मित हुआ। भिक्षुक की आशा असीमित होती है। भिक्षुक बोला– "क्यों नहीं, मां!"

कपालकुंडला ने अकपट हृदय से कुल गहने, मय संदूक के भिक्षुक को दे दिए। यहां तक कि शरीर के गहने भी उतारकर दे दिए।

भिक्षुक विह्वल हो गया। दास-दासी कोई भी जान न सका। भिक्षुक का विह्वल भाव क्षण-भर का था। गहने पाकर और इधर-उधर वह देखकर एक सांस से एक तरफ भागा।

कपालकुंडला ने सोचा-'भिक्षुक भागा क्यों?'

5

स्वदेश में

नवकुमार कपालकुंडला को लेकर स्वदेश पहुंचे, नवकुमार पितृहीन थे? घर में विधवा माता और दो बहने थीं। बड़ी बहन विधवा थी, जिससे पाठक परिचित न हो सकेंगे दूसरी बहन श्यामासुंदरी सधवा होकर भी विधवा है, क्योंकि वह कुलीन की स्त्री है। वह दो एक बार हम लोगों को दर्शन देगी।

दूसरी अवस्था में यदि नवकुमार इस तरह अज्ञातकुलशाला तपस्वि को विवाह कर घर लाए होते तो उनके आत्मीय स्वजन कहाँ तक संतुष्ट होते, यह बताना कठिन है, किंतु वास्तव में उन्हें इस विषय में कोई क्लेश उठाना न पड़ा।

सभी लोग उनके वापस न पहुंचने के कारण हताश हो चुके थे।

सहयात्रियों ने लौटकर बात उड़ा दी थी कि नवकुमार को शेर ने मार डाला।

पाठक सोच सकते हैं, इन सत्यवादियों ने आत्मविश्वास के बल पर ही यदि ऐसा कहा होगा, तो यह ठग की कल्पनाशक्ति का अपमान करना होगा। लौटकर वापस आने वाले कितने ही यात्रियों ने तो बढ़ा-चढ़ाकर यहां तक कह दिया था कि नवकुमार को व्याघ्र द्वारा आक्रांत होते उन्होंने अपनी आंखों से देखा है।

कभी-कभी तो उस व्याघ्र को लेकर आपस में गंभीरता के साथ गहन तर्क-वितर्क हुए।

एक व्यक्ति ने हाथ बढ़ाते हुए जोशीले स्वर में कहा– "वह व्याघ्र आठ हाथ लंबा रहा होगा।"

दूसरे ने कुछ अधिक ही जोश में आकर कहा– "नहीं-नहीं, वह पूरा चौदह हाथ लंबा था।"

इस पर पूर्व परिचित यात्री ने कहा था– "जो भी हो, मैं उस व्याघ्र का शिकार बनते हुए बाल-बाल बच गया था। व्याघ्र ने पहले मेरा ही पीछा किया था, लेकिन मैं उसके सामने से किसी तरह भाग निकला, मैं बड़ी चालाकी से भागा था, किंतु क्या कहें, बेचारे नवकुमार का दुर्भाग्य! वह बेचारा व्याघ्र के सामने से भाग न सका। वह साहसी न था, यदि भागता तो शायद मेरी तरह वह भी बच जाता।"

जब यह सब कपोल कथा नवकुमार की माता के कानों तक पहुंची तो उनके घर में करुण रुदन का ऐसा कोहराम मचा कि कई दिन तक शांत न हुआ।

एकमात्र पुत्र की मृत्यु की खबर से माता मृतप्राय हो गई। ऐसे समय जब नवकुमार स्त्री सहित घर लौटे, तो कौन पूछे कि वह किस जाति की है और किसकी कन्या है?

प्रसन्नता के कारण परिवार के सभी लोग मत्त थे।

नवकुमार की माता ने बड़े आदर के साथ बहू को घर में बैठाया।

जब नवकुमार ने देखा कि घरवालों ने कपालकुंडला को सादर ग्रहण कर लिया, तो उनके हृदय में अपार आनंद हुआ।

यद्यपि उनके हृदय में कपालकुंडला का निवास हो रहा था, फिर भी घर में कहीं अनादर न हो, इस भय से अब तक उन्होंने विशेष प्रणय लक्षण दिखाया न था।

उस समय सभी परिजन अकस्मात् कपालकुंडला के पाणिग्रहण के प्रश्न पर सम्मत न हुए थे। यही कारण था कि गृह पर न आने तक राह में नवकुमार ने प्रणय संभाषण न किया था।

नवकुमार ने अब तक प्रणय- सागर में अनुराग की वायु को हिलोरें लेने न दिया, लेकिन अब वह आशंका दूर हो गई। वेग से बहने वाली जलराशि को जिस प्रकार बांध बनाकर बांध दिया जाए और बांध टूटने पर जल का उच्छवास उछल पड़े, वही दशा नवकुमार की हुई।

यह प्रेम का आविर्भाव केवल बातों में नहीं होता था; लेकिन कपालकुंडला को देखते ही नवकुमार सजल लोचन होकर बिना पलकें झपकाएं देखते रह जाते हैं। उससे ही प्रकट होता है कि जिस प्रकार बिना किसी कारण के वे कारण की कल्पना करके कपालकुंडला के पास आकर प्रणय दृष्टिपात करते हैं। बिना प्रसंग के जिस प्रकार बातों में कपालकुंडला का प्रसंग स्थापित करते हैं, उससे उनका प्रणय स्पष्ट प्रकट होता है।

यहां तक कि अब नवकुमार की प्रकृति भी बदलने लगी। उनमें जहां चंचलता थी, वहां गंभीरता आने लगी; जहां अनमने रहते थे, वहां वे हर समय प्रसन्न रहने लगे।

नवकुमार का चेहरा अब सदा प्रसन्नता से खिला रहने लगा। उनके हृदय को स्नेह का आधार प्राप्त हो जाने के कारण हर एक व्यक्ति के प्रति वे स्नेह का बर्ताव करने लगे। विरक्तिकर लोगों के प्रति भी वे स्नेह का बर्ताव करने लगे।

नवकुमार के लिए मनुष्य मात्र प्रेम का पात्र हो गया। पृथ्वी मानो सत्कर्म साधन के लिए ही है, नवकुमार के चरित्र से यही परिलक्षित होने लगा। समूचा संसार सुंदर दिखाई देने लगा।

सच्चा प्रणय कर्कश को भी मधुर बना देता है, असत्य को सत्य, पापी को पुण्यात्मा और अंधकार को आलोकमय बना देता है।

कपालकुंडला! उसका क्या भाव था?

चलो पाठक! एक बार उसका भी दर्शन करें।

6

अवरोध में

यह सभी जानते हैं कि किसी समय सप्तग्राम महासमृद्धशालिनी नगरी थी। रोम नगर से यवनद्वीप तक के सारे व्यवसायी इस महानगरी में एकत्रित होते थे, लेकिन बंगीय दशम-एकादश शताब्दी में इस नगरी की समृद्धिता में लघुता आई। इसका प्रधान कारण यही था कि उस समय इस महानगरी के पादतल को धोती हुई जो नदी बहती थी, वह क्रमशः सूखने और पतली पड़ने लगी।

नदी की धारा कमजोर पड़ने के कारण बड़े-बड़े व्यापारी जहाज इस संकरी राह से दूर ही रहने लगे। इस तरह यहां का व्यवसाय प्रायः लुप्त होने लगा। वाणिज्य-प्रधान नगरों का यदि व्यवसाय चला गया, तो सब चला गया। सप्तग्राम का सब कुछ गया।

बंगीय एकादश शताब्दी में इसकी प्रतियोगिता में हुगली नदी बनकर खड़ी हो गई। वहां पोर्तुगीज लोगों ने व्यापार प्रारंभ कर दिया। सप्तग्राम की धन-लक्ष्मी यद्यपि आकर्षित होने लगी, फिर भी सप्तग्राम एकबारगी हतश्री न हो सका।

सप्तग्राम में पहले फौजदार आदि राज अधिकारियों का निवास था, लेकिन अब नगरी का अधिकांश भाग बस्तीहीन होकर गांव का रूप धारण करने लगा।

सप्तग्राम के एक निर्जन उपनगर भाग में नवकुमार का निवास था। इस समय सप्तग्राम की गिरी हुई दशा के कारण अधिक आदमियों का आगमन न होता था। राजपथ लता-गुल्मादि से आच्छादित हो रहा था।

नवकुमार के घर के पीछे एक विस्तृत घना जंगल है। घर के सामने कोई आधा कोस की दूरी पर एक नहर बहती है, जो वन को घेरती हुई पिछवाड़े के जंगल में से बहती है।

नवकुमार का मकान साधारण ईंटों का बना हुआ पक्का है। है तो दो मंजिला, किंतु आज-कल के बने हुए एक खंड के मकानों जैसी उसकी ऊंचाई है।

इसी घर की ऊपरी छत पर दो युवतियां खड़ी हो चारों तरफ देख रही हैं। संध्या का समय है। चारों तरफ जो कुछ दिखाई पड़ता है, अवश्य ही वह नयन मोहक है।

घर के पीछे की ओर पास में ही एक तरफ घना जंगल है, जिसमें विविध प्रकार के पक्षी झुंड के झुंड बैठे कलरव कर रहे हैं।

एक तरफ वह नहर मानो रूपहली रेखा की तरह बल खाती चली गई है। दूसरी तरफ नगर की विस्तृत अट्टालिकाएं अपना सिर ऊंचा किए मानो कह रही हैं कि वसंतप्रिय-मधुर सौंदर्य प्रियजनों का यहां निवास है। एक तरफ बहुत दूर नावों से सजी हुई भागीरथी की धारा है, जिसके विशाल वक्षस्थल पर सांध्य तिमिर का आवरण धीरे-धीरे गाढ़ा हो रहा है।

वे जो दो नवीना मकान के ऊपर खड़ी हैं, उनमें एक चंद्र-रश्मि वर्णवाली, अविन्यस्त केशराशि के अंदर आधी छिपी हुई है; दूसरी कृष्णांगी है। वह सुमुखी षोड्शी है।

षोड्शी का जैसा नाटा कद है, वैसे ही बाल और चेहरा भी छोटे हैं, उसके ऊपरी हिस्से के चारों तरफ से घुंघराले बाल लटक रहे हैं। नेत्र अच्छे बड़े, कोमल, सफेद मानो बंद कली के सदृश हैं; छोटी-छोटी उंगलियां साथिनी के केशों को सुलझाती हुई खेल रही हैं।

पाठक महाशय भली-भांति समझ गए होंगे कि वह चंद्रमा की किरणों जैसे वर्ण वाली और कोई नहीं, बल्कि कपालकुंडला है; दूसरी कृष्णांगी उसकी ननद श्यामासुंदरी है।

श्यामासुंदरी अपनी भाभी को कभी 'बहू', कभी आदरपूर्वक 'बहन', तो कभी 'मृणा' नाम से संबोधित कर रही थी। कपालकुंडला नाम विकट होने के कारण घर के लोगों ने उसका नाम 'मृण्मयी' रखा है; इसीलिए संक्षिप्त नाम से 'मृणा' कहकर बुलाती हैं। हम लोग भी कभी-कभी कपालकुंडला को मृण्मयी नाम से पुकारेंगे।

श्यामासुंदरी अपने बचपन की याद की हुई एक कविता लयबद्ध स्वर में पढ़ रही थी-

"बोले-पद्मरानी, बदनखानी, रेते राखे ढेके।
फूटाय कलि छटाय अलि प्राण पति के देखे॥
आबार-बनेरलता, छड़िए पाता, गाछेर दिके धाय।
नदीर जल, नामले टल, सागरते जाय॥
छि छि-सरम टूटे, कुमुद फूटे चादर आलो देले।
बियेर कने राखते नारी फूलशैया गेले॥
मरि एक ज्वाला विघिर खेला, हरिबे विषाद।
बरदरशे भाई रसे, भांगे लाजेर बांज॥"

"क्यों भाभी! तुम तपस्विनी ही रहोगी?"

मृण्मयी ने उत्तर दिया– "क्यों, क्या तपस्या कर रही हूँ?"

श्यामासुंदरी ने अपने दोनों हाथों से केशतरंग माला को उठाकर कहा– "तुम अपने इन खुले बालों की चोटी नहीं करोगी?"

मृण्मयी ने केवल मुस्कराकर श्यामासुंदरी के हाथों से बालों को हटा लिया।

श्यामासुंदरी ने फिर कहा– "अच्छा, मेरी साध तो पूरी कर दो। एक बार हम गृहस्थों के घर की औरतों की तरह श्रृंगार कर लो। आखिर कितने दिनों तक योगिनी रहोगी।"

मृण्मयी-जब इन ब्राह्मण संतान के साथ मुलाकात नहीं हुई थी, तो उस समय भी तो मैं योगिनी ही थी।

श्यामासुंदरी-अब ऐसे न रह पाओगी।

मृण्मयी-क्यों न रह पाऊंगी?

श्यामासुंदरी-क्यों? देखोगी? तुम्हारे योग को तोड़ दूंगी। पारस पत्थर किसे कहते हैं, जानती हो?

मृण्मयी ने कहा– "नहीं।"

श्यामासुंदरी–पारस पत्थर के स्पर्श से रांगा भी सोना हो जाता है।

मृण्मयी तो इससे क्या!

श्यामासुंदरी-औरतों के पास भी पारस पत्थर होता है।

मृण्मयी-वह क्या?

श्यामासुंदरी-पुरुष! पुरुष की हवा से योगिनी भी गृहिणी हो जाती है तूने उसी पारस पत्थर को छुआ है!

देखना-

'बांधाबो चूलेर राश, पराबो चिकन वास,
खोपाय दोलाबो तोर फूल।
कपालें सीथिर धार, काकलेते चंद्रहार,
काने तोर दियो जोड़ा दूल॥
कुहुम चंदन चूया, बाटा मेरे पाया गया,
रंगमुख राङ्ग हवे रागे।
सोन्दर पुतली खेले, कोले तोर दियो फेले,
देखी भालो लागे कि ना लागे॥'

मृण्मयी ने कहा– "ठीक है, समझ गई। समझ लो कि पारस पत्थर मैं छू चुकी और सोना हो गई। चोटी भी कर ली, गले में चंद्रहार पहन लिया, चंदन, कुमकुम, चोआ, पान, इन सब ले लिया, सोने की पुतली तक हो गई। समझ लो, यह सब हो गया, लेकिन इतना सब होने से क्या सुख हुआ?"

श्यामासुंदरी- तो बताओ न कि फूल के खिलने से क्या सुख होता है?

मृण्मयी-लोगों को देखने का सुख है, लेकिन फूल का क्या?

श्यामासुंदरी के मुख की कांति गंभीर हो गई। प्रभातकालीन वायु के स्पर्श से कुमुदिनी की तरह आंखें नाच उठीं, बोली– "फूल का क्या, यह तो बता नहीं सकती। कभी फूल बनकर खिली नहीं, लेकिन तुम्हारी तरह कली होती, खिलकर अवश्य दुःख का अनुभव करती।

श्यामा कुलीन पत्नी है।

हम भी इस अवकाश में पाठकों को बता देना चाहते हैं कि फूल को खिलने में ही सुख होता है। पुष्परस, पुष्पगंध वितरित करने में ही फूल का सुख है। आदान-प्रदान ही पृथ्वी के सुख का मूल है तीसरा और कोई मूल नहीं। मृण्मयी वन में रहकर कभी इस बात को हृदयंगम नहीं कर सकी; अतएव इस बात का उसने कोई जवाब न दिया।

श्यामासुंदरी ने उसे नीरव देखकर कहा– "अच्छा, यदि यह न हुआ तो बताओ तो भला, तुम्हें क्या सुख है?

कुछ देर सोचकर मृण्मयी ने कहा– "बता नहीं सकती। शायद वहीं समुद्र के किनारे वन-वन में घूमने से ही मुझे सुख मिलता।

श्यामासुंदरी कुछ आश्चर्य में आई उन लोगों के यत्न से मृण्मयी जरा भी उपकृता नहीं हुई, इस ख्याल से कुछ क्षुब्ध भी हुई। कुछ नाराज भी हुई। बोली– "अब लौट जाने का कोई उपाय है?"

मृण्मयी-कोई उपाय नहीं।

श्यामासुंदरी- तो अब क्या करोगी?

मृण्मयी-सेवक कहा करते थे-यथा नियुक्तोस्मि तथा करोमि।

श्यामासुंदरी ने मुंह पर कपड़ा रखकर हंसते कहा– "बहुत ठीक महामहोपाध्याय महाशय! क्या हुआ?"

मृण्मयी ने एक ठंडी सांस लेकर कहा– "विधाता जो करेंगे, वही होगा जो भाग्य में बदा है, वही भोगना होगा!"

श्यामासुंदरी-क्यों, भाग्य में क्या है? भाग्य में सुख है। तुम ठंडी सांस क्यों लेती हो?

मृण्मयी ने कहा– "सुनो। जिस दिन स्वामी के साथ यात्रा की, यात्रा के समय भवानी के पैर पर बेल-पत्र चढ़ाने गई। मैं माता के पैर पर बेल-पत्र चढ़ाए, बिना कोई काम नहीं करती थी। कार्य यदि शुभजनक होता, तो माता अपने पैर से पत्र गिराती नहीं। यदि अमंगल का डर होता है तो माता के पैर से वह बेलपत्र गिर पड़ता है। अपरिचित व्यक्ति के साथ विदेश जाते शंका मालूम हुई। शुभाशुभ जानने के लिए ही मैं यात्रा के समय गई, लेकिन माता ने बेल-पत्र धारण नहीं किया, अतएव भाग्य में क्या है, नहीं कह सकती।

मृण्मयी चुप हो गई।

श्यामासुंदरी सिहर उठी।

तृतीय खंड

चित्त का यही धर्म है कि जो मानसिक कर्म जितनी बार अधिक किया जाए, उस कर्म में उतनी ही अधिक प्रवृत्ति होती है, यह कर्म क्रमशः स्वभाव सिद्ध हो जाता है और लुत्फुन्निसा उस मूर्ति को रात-दिन याद करने लगी। इससे दारुण दर्शन की अभिलाषा उत्पन्न हुई। इसके साथ ही साथ उसकी सहज स्पृहा का प्रवाह भी दुर्निवार्य हो उठा। दिल्ली को सिंहासन लिप्सा भी उसके आगे तुच्छ जान पड़ी। राज्य राजधानी, राजसिंहासन-सबका विसर्जन कर वह प्रिय मिलन के लिए दौड़ पड़ी। वह प्रियजन नवकुमार है।

"इस जन्म में नहीं।" तीर की तरह उठकर खड़ी हो सदर्प लुत्फुन्निसा ने कहा- "इस जन्म में तुम्हारी आशा त्याग नहीं सकती।" मस्तक उन्नत और बहुत हल्की टेढ़ी गरदन किए, अपने नेत्र एकटक नवकुमार पर जमाए वह राज- राजमोहिनी खड़ी रही। जो अदमनीय गर्व हृदयाग्नि में लग गया था, उसकी ज्योति फिर छिटकने लगी। जो अजेय मानसिक शक्ति भारत के राज्य शासन की कल्पना से भी डरी नहीं, वह शक्ति फिर उस प्रणय दुर्बल देह में संचालित होने लगी। ललाट पर नसें फूलकर अपूर्व शोभा देने लगीं, ज्योतिर्मयी आंखें समुद्र के जल में पड़ने वाली रविरश्मि की तरह झल-झला उठी। नाक का अग्रभाग उत्तेजना से कांपने लगा। लहरों पर नाचने वाली राजहंसी गतिरोध करने वाले को जैसे देखती है, दलितफण फणिनी जैसे फन उठाकर ताकती है, वैसे ही वह उन्मादिनी यवनी अपना मस्तक उन्नत किए देखती रही, बोली- "इस जन्म में नहीं, तुम मेरे ही होगे।"

1

भूतपूर्व में

कपालकुंडला को लेकर नवकुमार ने जब सराय से घर की यात्रा की तो मोती बीबी ने वर्द्धमान की तरफ यात्रा की।

जब तक मोती बीबी अपनी राह तय करे, तब तक हम उसका कुछ वृत्तांत कह डालें।

मोती बीबी का चरित्र जैसे महापातक से भरा हुआ है, वैसे ही अनेक उस तरह से सुशोभित है। ऐसे चरित्र का विस्तृत वृत्तांत पढ़ने में पाठकों को अरुचि न होगी।

जब उसके पिता ने हिंदू धर्म बदलकर मुस्लिम धर्म ग्रहण किया, तो उस समय उसका हिंदू नाम बदलकर लुत्फुन्निसा पड़ा। मोती बीबी इनका नाम कभी नहीं था, फिर भी छिपे वेश में देश-विदेश भ्रमण के समय यह कभी -कभी नाम पड़ जाता है।

लुत्फुन्निसा के पिता ढाका में आकर राजकार्य में नियुक्त हुए, लेकिन वहां अनेक स्वदेशीय लोगो का आना-जाना हुआ करता था। अपने देश में जान-पहचान वालों के सामने विधर्मी होकर रहना भला जान नही पड़ता। अतएव वे कुछ दिनों में अच्छी ख्याति-लाभ कर अपने मित्र अनेक उमराव लोगो से पत्र लेकर सपरिवार आगरा चले गए।

अकबर बादशाह के सामने किसी का गुण-दोष छिपा नहीं रहता था। शीघ्र ही उन्होंने अपने गुण प्रकट करने आरंभ कर दिए। इसके फल से वे आगरा के उमराव लोगों में गिने जाने लगे। इधर लुत्फुन्निसा भी यौवन में पदार्पण करने लगी।

आगरा में आकर लुत्फुन्निसा ने फारसी, संस्कृत, नृत्यगीत, रसवादन आदि में अच्छी शिक्षा ग्रहण कर ली। राजधानी की सुंदरियों और गुणवतियों में वह अग्रगण्य बनने लगी।

दुर्भाग्यवश लुत्फुन्निसा के पूर्ण युवती होने पर जान पड़ा कि उसकी मनोवृत्ति दुर्दमनीय और भयानक है। इंद्रियदमन की उसकी न तो इच्छा थी और न क्षमता ही थी।

सत और असत में लुत्फुन्निसा की समान प्रवृत्ति थी। यह कार्य अच्छा है। और यह बुरा- ऐसा सोचकर कभी उसने कार्य नहीं किया। जो अच्छा लगता था, वही काम करती थी। जब सत् कर्म से अंत:करण सुखी होता, तो वह करती और असत् कर्म के समय भी वही करती।

यौवनकाल की दुर्दमनीय मनोवृत्ति के अनुकूल ही लुत्फुन्निसा भी बन गई। उसके पूर्व पति विद्यमान हैं; अमीर-उमराव लोगों में किसी ने उसके साथ शादी न की।

लुत्फुन्निसा भी शादी लिए लालायित रही। मन-ही-मन सोचा, फूल-फूल पर घूमने वाली भ्रमरी को एक का बनाकर बांध क्यों दू? पहले कानाफूसी हुई, इसके बाद मुंह पर कलंक की कालिमा लग गई। उसके पिता ने विरक्त होकर उसे घर से निकाल दिया।

लुत्फुन्निसा गुप्त रूप से जिन्हें कृपा वितरण करती रही, उनमें युवराज सलीम भी एक थे। एक उमराव के कुल के कलंक का कारण होने पर बाद में बादशाह का कोपभाजन न बनना पड़े, इस कारण खुलकर सलीमशाह ने लुत्फुन्निसा को अपने महल में नहीं रखा।

अब सुयोग मिल गया था। राजपूत राजा मानसिंह की बहन सलीम की प्रधान महिषी हुई।

युवराज ने लुत्फुन्निसा को अपनी महिषी की प्रधान अनुचरी बना दिया। लुत्फुन्निसा बेगम की सखी बन गई और परोक्ष रूप से युवराज की अनुग्रह-भागिनी हुई।

लुत्फुन्निसा जैसी बुद्धिमती महिला शीघ्र ही युवराज के हृदय पर अधिकार कर लेगी, यह सहज अनुमेय है।

सलीम के हृदय पर उसका अधिकार इस तरह प्रतियोगी शून्य हो गया कि लुत्फुन्निसा ने प्रण कर लिया कि वह इनकी पटरानी होकर रहेगी। केवल लुत्फुन्निसा

की ही ऐसी प्रतिज्ञा हुई, यह बात नहीं, बल्कि इसका विश्वास महल – भर में हो गया। ऐसे ही आशामय स्वप्न में लुत्फुन्निसा का जीवन पति में लगा, लेकिन इसी समय उसकी नींद टूटी।

अकबर बादशाह के कोषाध्यक्ष ख्वाजा अब्बास की कन्या मेहरुन्निसा यवनकुल की प्रधान सुंदरी निकली।

एक दिन कोषाध्यक्ष ने युवराज सलीम और अन्य उमराव को निमंत्रण देकर घर बुलाया। उसी दिन सलीम की मुलाकात मेहर के साथ हो गई और उसी दिन सलीम ने भी अपना हृदय मेहरुन्निसा को सौंप दिया। मात्र इतिहास-प्रेमी इस घटना को जानते हैं। इसके बाद मेहर की शादी शेर अफगन के साथ हो गई।

यह शादी अकबरशाह के षड्यंत्र का फल थी। यद्यपि सलीम को निरस्त होना पड़ा, लेकिन उन्होंने आशा का त्याग न किया।

सलीम की चित्तवृत्ति लुत्फुन्निसा के नखदर्पणवत् थी।

लुत्फुन्निसा समझ गई कि अब शेर अफगन के जीवन की खैरियत नहीं और सलीम की महिषी मेहर ही होगी। लुत्फुन्निसा ने सिंहासन की आशा त्याग दी।

मुगल सम्राट अकबर की परमायु पूरी हुई। जिस प्रचंड सूर्य की प्रभा तुर्की से लेकर ब्रह्मपुत्र तक प्रदीप्त थी, वह सूर्य अस्त हुआ। इस समय लुत्फुन्निसा ने आत्मप्राधान्य की रक्षा के लिए एक दुस्साहसिक संकल्प किया।

राजपूत राजा मानसिंह की बहन सलीम की प्रधान महिषी थी। खुसरो उनके पुत्र हैं। एक दिन उनके साथ अकबर बादशाह की बीमारी की बात चल रही थी। इस संबंध में शीघ्र ही बादशाह की महिषी बनने की बधाई लुत्फुन्निसा दे रही थी।

प्रत्युत्तर में खुसुरो की जननी ने कहा– “बादशाह की प्रधान महिषी होने से मनुष्य का जन्म सार्थक अवश्य होता है, लेकिन सर्वश्रेष्ठता उसकी है जिसका पुत्र बादशाह हो और वह बादशाह की जननी बने।”

यह उत्तर सुनते ही लुत्फुन्निसा के हृदय में एक चिंतनीय अभिसंधि का उदय हुआ। उसने उत्तर दिया– “तो ऐसा ही क्यों न हो! वह भी आपके हो इच्छाधीन है।”

बेगम ने पूछा– “वह कैसे?”

चतुरा ने उत्तर दिया– “युवराज खुसरो को ही सिंहासन पर बिठाइए।”

इस बात का बेगम ने कोई जवाब न दिया। उस दिन फिर यह प्रसंग न उठा, लेकिन यह बात किसी ने भूली नहीं।

स्वामी के बदले उसका अपना पुत्र राज्य सिंहासन पर आसीन हो, यह बेगम की इच्छा अवश्य है, लेकिन मेहरुन्निसा के प्रति सलीम का प्रेम जैसे लुत्फुन्निसा के हृदय में कांटे की तरह खटकता है, वैसे ही बेगम के हृदय में भी खटकता है।

मानसिंह की बहन एक तुर्क की कन्या की आज्ञानुवर्ती होकर कैसे रह सकती है? लुत्फुन्निसा का भी इस विषय में गहरा तात्पर्य था।

दूसरे दिन फिर यह प्रसंग उपस्थित हुआ तो उन दोनों का एक अभिमत स्थिर हुआ।

सलीम को त्यागकर खुसरो को सिंहासन पर बैठाना कोई असंभव बात नहीं थी।

इस बात को लुत्फुन्निसा ने बेगम को अच्छी तरह समझा दिया। उसने पूछा– "मुगल साम्राज्य राजपूतों के बाहुबल पर स्थापित हुआ है और आज भी निर्भर करता है, वहीं राजपूत कुल-तिलक मानसिंह खुसरो के मामा हैं और प्रधान राजमंत्री खान आजम खुसरो के श्वसुर हैं। इन दोनों आदमियों के खड़े होने पर कौन इनकी आज्ञा न मानेगा, फिर किसके बल पर युवराज सिंहासन पर अधिकार कर सकते हैं? राजा मानसिंह को राजी करना आपके ऊपर है। खान आजम और अन्यान्य उमराव को तैयार करना मेरे ऊपर छोड़ दीजिए? आपके आशीर्वाद से अवश्य कृतकार्य हूँगी, लेकिन एक आशंका है कि कहीं सिंहासनासीन होने के बाद खुसरो मुझ दुराचारिणी को...निकाल बाहर न कर दें।"

बेगम सहचरी का अभिप्राय समझ गई। हंसकर बोली– "तुम आगरा में जिस उमराव की गृहिणी होना चाहोगी, वह तुम्हारा पाणिग्रहण करेगा। तुम्हारे पति पंचहजार मनसबदार होंगे।"

लुत्फुन्निसा संतुष्ट हुई। यही उसका उद्देश्य था।

यदि राजपुरी में सामान्य स्त्री होकर रहना हुआ, तो फूलों पर घूमकर रस लेने वाली भ्रमरी बनने से क्या फायदा हुआ?

यदि स्वाधीनता का ही त्याग करना होता तो बालसखी मेहरुन्निसा की दासी होने में क्या हर्ज था? इससे तो कहीं अधिक गौरव की बात है कि किसी राजपुरुष के गृह की गृहस्वामिनी बनकर बैठा जाए?

केवल इसी लोभ से लुत्फुन्निसा इस कल में लिप्त न हुई। सलीम उसकी उपेक्षा कर जो मेहर के पीछे पागल हो रहे हैं, उसका उसे प्रतिशोध भी लेना है?

खान आजम आदि आगरा और दिल्ली के उमराव लुत्फुन्निसा के यथेष्ट साधित थे।

खान आजम अपने दामाद के लिए उद्योग करेंगे, इसकी भी पूरी आशा थी। वह और अन्यान्य उमराव राजी हो गए।

खान आजम ने लुत्फुन्निसा से कहा– "मान लो, यदि हम लोग कृतकार्य न हुए तो हमें अपने बचाव की भी कोई-न-कोई राह अवश्य निकाल लेनी चाहिए।"

लुत्फुन्निसा ने कहा– "आपकी क्या राय है?"

खान ने कहा– "उड़ीसा के अतिरिक्त और कोई उपाय नहीं है। केवल उसी जगह मुगलों का शासन प्रखर नहीं हैं, उड़ीसा की सेना हमारे हाथ में रहना आवश्यक है। तुम्हारे भाई उड़ीसा के मनसबदार हैं। मैं कल प्रचार करूंगा कि वे युद्ध में आहत हुए हैं। तुम उन्हें देखने के बहाने से कल ही उड़ीसा की यात्रा करो। वहां का कार्य समाप्त कर तुरंत वापस आओ।"

लुत्फुन्निसा इस पर राजी हो गई। वह अपना कार्य कर लौटते समय पाठकों से मिली है।

2

रास्ते में

जिस दिन नवकुमार को विदा कर मोती बीबी या लुत्फुन्निसा ने वर्द्धमान की यात्रा की, उस दिन वह एकदम वर्द्धमान तक पहुंच न सकी। दूसरी सराय में रह गई। संध्या के समय पेशमन के साथ बैठकर बातें होने लगीं।

मोती बीबी ने ऐसे समय सहसा पेशमन से पूछा– "पेशमन! मेरे पति को देखा, कैसे थे?"

पेशमन ने कुछ विस्मित होकर कहा– "इसके क्या माने?"

मोती बोली– "सुंदर थे या नहीं?"

नवकुमार के प्रति पेशमन को विशेष विराग हो गया था। जिन अलंकारों को मोती ने कपालकुंडला को दे दिया, उनके प्रति पेशमन का विशेष लोभ था। मन-ही-मन उसने सोच रखा था कि एक दिन मांग लूंगी। उस बेचारी की वह आशा निर्मूल हो गई। इसी कारण कपालकुंडला और उसके पति दोनों के प्रति उसे जलन थी। अतएव स्वामिनी के प्रश्न पर उसने उत्तर दिया– "दरिद्र ब्राह्मण की सुंदरता और कुरूपता क्या है?"

सहचरी के मन का भाव समझकर मोती ने हंसकर कहा– "दरिद्र ब्राह्मण यदि उमराव हो तो सुंदर होगा या नहीं?"

पेशमन-इसके क्या माने?

मोती बीबी-क्यों क्या तुमने यह नहीं सुना है कि बेगम के कहने के अनुसार यदि खुसरो बादशाह हो गए तो मेरा पति उमराव होगा?

पेशमन-यह तो मैं अच्छी तरह जानती हूँ. लेकिन तुम्हरा पूर्व पति उमराव कैसे होगा?

मोती बीबी-तो हमारे और पति कौन हैं?

पेशमन-जो नए होंगे।

मोती बीबी ने मुस्कराकर कहा– "मेरे जैसी सती के दो पति, यह बड़े अन्याय की बात होगी। हां, यह कौन जा रहा है?"

मोती ने जिसे देखकर यह कहा कि कौन जा रहा है, उसे पेशमन तुरंत पहचान गई। वह आगरा का रहने वाला खान आजम का आदमी था। दोनों ही व्यग्र हो पड़ी। पेशमन ने उसे बुलाया। उस व्यक्ति ने आकर लुत्फुन्निसा को कोर्निश कर पत्र दिया; बोला– "खत लेकर उड़ीसा जा रहा था। बहुत ही जरूरी खत है।"

पत्र पढ़ते ही मोती बीबी की सारी आशालता पर तुषारपात हो गया। पत्र का मर्म इस प्रकार था-

"हम लोगों का यत्न विफल हो गया। मरते दम तक बादशाह अकबर हम लोगों को बुद्धिबल से परास्त कर गए। उनका परलोकवास हो गया। उनकी आज्ञा के बल से युवराज सलीम अब जहांगीरशाह हो गए। अब तुम खुसरो के लिए व्यस्त न होना। इस उपलक्ष्य में कोई तुमसे शत्रुता न करें, इस चेष्टा के लिए तुरंत आगरा आ जाओ।"

अकबर बादशाह ने किस तरह इस षड्यंत्र को विफल किया, इसका वर्णन इतिहास में अच्छी तरह किया गया है। यहां उसके विस्तार की कोई आवश्यकता नहीं।

पुरस्कार देकर दूत को विदा करने के बाद मोती ने वह पत्र पेशमन को पढ़कर सुनाया। पेशमन ने सुनकर कहा– "अब उपाय?"

मोती बीबी सोच में पड़ गई।

पेशमन-(थोड़ा सोचकर) अच्छा, हर्ज ही क्या है? जैसी थी, वैसी ही रहोगी। मुगल बादशाह की परस्त्री-मात्र भी किसी दूसरे राज्य की पटरानी की अपेक्षा बड़ी ही है।

मोती-(मुस्कराकर) यह नहीं हो सकता। अब उस राजमहल में मैं नहीं रह सकती। शीघ्र ही मेहर के साथ जहांगीर की शादी होगी। मेहरुन्निसा को मैं बचपन से अच्छी तरह जानती हूँ। एक बार पुरवासिनी हो जाने पर वही बादशाहत करेगी। जहांगीर तो नाम मात्र के बादशाह रहेंगे। मैंने उनके सिंहासन की राह में बाधा उपस्थित की थी, यह उनसे छिपा न रहेगा। उस समय मेरी क्या दशा होगी?

पेशमन ने लगभग रुआंसी होकर कहा– "तो अब क्या?"

मोती ने कहा– "एक भरोसा है। मेहरुन्निसा का चित्त जहांगीर के प्रति कैसा है? वह जैसी तेजस्विनी हैं, यदि वह जहांगीर के प्रति अनुरागिनी न होकर वस्तुतः शेर अफगन से प्रेम करती होगी, तो एक नहीं सौ शेर अफगन के मरवाए जाने पर भी मेहर कभी जहांगीर शादी न करेगी और यदि सचमुच मेहर भी जहांगीर की अनुरागिनी हो, तो फिर कोई भरोसा नहीं है।"

पेशमन-मेहरुन्निसा का हृदय कैसे पहचान सकोगी?

मोती ने हंसकर कहा– "लुत्फुन्निसा क्या नहीं कर सकती? मेहर मेरी बचपन की सखी है-कल ही वर्द्धमान जाकर दो दिन उसकी अतिथि बनकर रहूँगी।"

पेशमन-यदि मेहरुन्निसा बादशाह की अनुरागिनी न हो तो क्या करोगी?

मोती-पिताजी कहा करते थे– "क्षेत्रे कर्म विधीयते।"

दोनों कुछ देर चुप रही। हल्की मुस्कराहट से मोती बीबी के होंठ खिल रहे थे।

पेशमन ने फिर पूछा– "हंसती क्यों हो?"

मोती ने कहा– "एक ख्याल मन में आ गया।"

पेशमन-कैसा ख्याल?

मोती ने यह पेशमन को न बताया। हम भी उसे पाठकों को न बताएंगे। बाद में प्रकट करेंगे।

3

प्रतियोगिनी के घर में

शेर अफगन इस समय बंगाल की सूबेदारी करते हुए वर्द्धमान में रहते थे; मोती बीबी वर्द्धमान में आकर शेर अफगन के महल में उतरी। शेर अफगन ने सपरिवार उसकी अभ्यर्थना कर बड़े आदर के साथ आतिथ्य किया।

जब शेर अफगन और उसकी स्त्री मेहरुन्निसा आगरा में रहते थे तो मोती बीबी से काफी परिचय था।

मेहरुन्निसा से तो वास्तव में प्रेम था; दोनों बाल्य सखी थी; बाद में दोनों उनका ही साम्राज्य-लाभ के लिए प्रतियोगिनी हुई।

इस समय दोनों के एक साथ मिलने पर उनमें एक से मेहरुन्निसा अपने मन में सोच रही थी 'भारतवर्ष का कर्तव्य विधाता ने किसके भाग्य में लिखा है? विधाता जानते हैं, सलीमशाह जानते हैं और तीसरा यदि कोई जानता होगा, तो लुत्फुन्निसा जानती होगी। देखें, लुत्फुन्निसा इस बारे में कुछ बताती है या नहीं!'

इधर मोती बीबी भी मेहर का हृदय टटोलना चाहती है।

मेहरुन्निसा ने उस समय समूचे हिंदुस्तान में प्रधान रूपवती और गुणव के रूप में ख्याति प्राप्त की थी। वास्तव में संसार में वैसी कम स्त्रियों ने जन्म लिया था। सौंदर्य का वर्णन करने वाले इतिहासकारों ने अपने इतिहास में उसे अद्वितीय सुंदरी बताया है।

उस समय की विद्या में कितने ही पुरुष उसकी बराबरी नहीं कर सकते थे। नृत्य गीत में मेहर अद्वितीय थी कविता रचना या तूलिका कला में वह लोगों को मुग्ध कर देती थी। उसकी सरस वार्ता उसके सौंदर्य से भी अधिक मोहक थी।

मोती बीबी भी इन सब गुणों में न्यून न थी आज ये दोनों ही चमत्कारिणे प्रतियोगिनियां एक दूसरे के मन की थाह लेने के लिए बैठी हैं।

मेहरुन्निसा खास कमरे में बैठी तस्वीर बना रही थी। मोती मेहर की पीठ की तरफ बैठी तस्वीर देख रही थी और पान चबा रही थी।

मेहरुन्निसा ने पूछा– "तस्वीर कैसी बन रही है?"

मोती बीबी ने उत्तर दिया– "तुम्हारे हाथ की तस्वीर जैसी होनी चाहिए, वैसी ही बन रही है! दुःख यही है कि यहां तुम्हारी बराबरी का कलाकार नहीं है।"

मेहरुन्निसा-अगर यही बात हो, तो इसमें दुख किस बात का है?

मोती-तुम्हारी बराबरी का यदि कोई होता, तो तुम्हारे इस चेहरे का आदर्श रख सकता।

मेहरुन्निसा-कब्र की मिट्टी में चेहरे का आदर्श रहेगा।

मोती-बहन! आज हृदय की हास्यप्रियता में इतनी कमी क्यों है?

मेहरुन्निसा-नहीं, प्रसन्नता में कमी तो नहीं है, फिर भी कल सवेरे ही जो तुम मुझे त्यागकर चली जाओगी, इसे कैसे भूल सकती हूँ और दो दिन रहकर तुम मुझे कृतार्थ क्यों नहीं करना चाहती?

मोती-सुख की किसे इच्छा नहीं होती? यदि वश चलता तो मैं क्यों जाती? लेकिन क्या करूं, पराधीन हूँ।

मेहरुन्निसा मुझ पर अब तुम्हारा वह प्रेम नहीं यदि रहता, तो तुम अवश्य रह जाती आई हो, तो रह क्यों नहीं सकती?

मोती-मैं तो तुमसे सब कह चुकी हूँ। मेरा छोटा भाई मुगल सैन्य में मनसबदार है। वह उड़ीसा के पठानों के युद्ध में आहत होकर संकट में पड़ गया था। मैं उसकी ही विपद की खबर पाकर बेगम से छुट्टी लेकर आई थी। उड़ीसा में बहुत दिन लग गए, अब अधिक देर करना उचित नहीं तुमसे बहुत दिनों से मुलाकात हुई न थी, इसलिए यहां दो दिन ठहर गई।

मेहरुन्निसा अच्छा, यह तो बताओ कि बेगम के पास किस दिन पहुंचना स्वीकार कर आई हो?

मोती बीबी समझ गई कि मेहर व्यंग्य कर रही है। मार्मिक व्यंग्य करने में मेहर जैसी निपुण है, वैसी मोती नहीं, लेकिन वह अप्रतिम होने वाली भी नहीं। उसने उत्तर दिया– "भला तीन महीने की यात्रा में दिन भी निश्चित कर बताया जा

सकता है? लेकिन बहुत दिनों तक बिलंब कर चुकी और अधिक विलंब असंतोष का कारण बन सकता है।"

मेहर ने अपनी लोकमोहिनी हंसी हंसकर कहा– "किसके असंतोष की आशंका कर रही हो? युवराज की या उनकी महिषी की?"

मोती बीबी ने थोड़ा अप्रतिम होकर कहा– "इस लज्जाहीना को क्यों लजाती हो? दोनों को असंतोष हो सकता है।"

मेहरुन्निसा–लेकिन मैं पूछती हूँ, तुम स्वयं बेगम नाम क्यों धारण नहीं करती? सुना था, कुमार सलीम तुम्हारे साथ शादी कर तुम्हें अपनी बेगम बनाना चाहते हैं- उसमें क्या देर है?

मोती-मैं स्वभाव की स्वाधीन ठहरी। जो कुछ स्वाधीनता है, उसे क्यों नष्ट करूं? बेगम की सहचरिणी होकर आसानी से उड़ीसा भी आ सकी, सलीम की बेगम होकर क्या इस तरह आ सकती हूँ?

मेहरुन्निसा-जो दिल्लीश्वर की प्रधान महिषी होगी, उसे उड़ीसा आने की क्या जरूरत?

मोती-सलीम की प्रधान महिषी हूँगी, ऐसी स्पर्धा तो मैंने कभी नहीं की। इस हिंदुस्तान में दिल्लीश्वर की प्राणेश्वरी होने लायक तो एक मेहरुन्निसा ही है।"

मेहरुन्निसा सिर झुकाकर विचारमग्न हो गई। थोड़ी देर चुप रहने के बाद वह धीरे से बोली– "बहन! मैं नहीं जानती कि यह बात तुमने मुझे दुःख पहुंचाने के लिए कही या मेरी थाह लेने के लिए, लेकिन तुमसे मेरी भीख है कि मैं शेर अफग़न की बीवी हूँ; हृदय से उसकी दासी हूँ, भूलकर ऐसी बात न करना।"

निर्लज्जा मोती इस तिरस्कार से लजाई नहीं, वरन् उसने और भी सहयोग पाया, बोली– "तुम जैसी पतिगतपरायणा हो, यह मैं अच्छी तरह जानती हूँ, इसीलिए तो तुमसे यह बात मैंने कही है। सलीम अभी तक तुम्हारे सौंदर्य को भूल नहीं सके हैं, मेरे कहने का यही तात्पर्य है। सावधान रहना।"

मेहरुन्निसा-मैं अब समझी, लेकिन डर किस बात का?

मोती बीबी ने जरा इधर-उधर करने के बाद आशंकित स्वर में कहा– "वैधव्य की आशंका।"

यह कहकर मोती मेहरुन्निसा के चेहरे पर एक गहरी निगाह डाल कुछ समझने की चेष्टा करने लगी, लेकिन मेहरुन्निसा के चेहरे पर डर या प्रसन्नता के कोई भी लक्षण दिखाई न दिए।

मेहरुन्निसा ने बड़े ही घमंड के साथ कहा– "वैधव्य की आशंका! शेर अफगन अपनी रक्षा करने में कमजोर नहीं है। विशेष रूप से मुगल बादशाह अकबर का पुत्र भी बिना दोष के दूसरे के प्राण नष्ट करके किसी भी तरह बच नहीं सकता।"

मोती बीबी-यह सच है, लेकिन आगरा के ताजा समाचारों से मालूम हुआ है कि अकबर बादशाह का अंतकाल हो चुका है। सलीम सिंहासनारूढ़ हुए हैं। दिल्लीश्वर का दमन कौन कर सकता है?

मेहरुन्निसा आगे कुछ सुन न सकी। उसका समूचा शरीर सिहर और कांप उठा। उसने फिर अपना सिर नीचा कर लिया। उसकी दोनों आंखों से आंसू की धारा बहने लगी।

मोती बीबी ने पूछा– "क्यों रोती हो?"

मेहरुन्निसा एक ठंडी सांस खींचकर बोली– "सलीम हिंदुस्तान के तख्त पर है, लेकिन मैं कहां हूँ?"

मोती बीबी का मनस्काम सिद्ध हुआ। उसने कहा– "आज भी तुम युवराज को एक क्षण के लिए नहीं भूली?"

मेहरुन्निसा ने गद्गद स्वर में कहा– "कैसे भूलूंगी। अपने जीवन को भूल सकती हूँ, लेकिन युवराज को भूल नहीं सकती, सुनो बहन! एकाएक हृदय का आवरण पट खुल गया और तुमने सारी बातें जान लीं, लेकिन तुम्हें मेरी कसम है, यह बात दूसरे के कान में न पहुंचे।"

मोती बीबी ने कहा– "अच्छा! ऐसा ही होगा, लेकिन सलीम जब यह सुनेंगे कि मैं वर्द्धमान गई थी, तो वे अवश्य पूछेंगे कि मेहरुन्निसा ने मेरे बारे में क्या कहा, तो मैं उनसे क्या कहूँगी?"

मेहरुन्निसा ने कुछ देर सोचकर कहा– "यही कहना की मेहरुन्निसा हृदय में तुम्हारा ध्यान करेगी। प्रयोजन होने पर उनके लिए प्राण तक विसर्जन कर सकती है, लेकिन अपना कुल और मान समर्पण नहीं कर सकती। इस दासी का स्वामी जब तक जीवित है, तब तक यह दिल्लीश्वर को मुंह नहीं दिखा सकती और यदि दिल्लीश्वर द्वारा मेरे पति का प्राणांत होगा तो इस जन्म में स्वामीहंता के साथ मिलन न हो सकेगा।"

यह कहकर मेहरुन्निसा अपने स्थान से उठकर खड़ी हो गई। मोती बीबी आश्चर्यचकित होकर रह गई, लेकिन विजय मोती बीबी की ही हुई मेहरुन्निसा के हृदय का भाव मोती बीबी ने निकाल लिया।

मोती बीबी के हृदय की आशा या निराशा की छाया मेहरुन्निसा न पा सकी। जो अपनी विलक्षण बुद्धि से बाद में दिल्लीश्वर की ईश्वरी हुई, वह बुद्धि-चातुरी में मोती बीबी के सामने पराजित हुई। इसका कारण है मेहरुन्निसा प्रणयशालिनी है और मोती बीबी केवल स्वार्थपरायणा।

मोती बीबी मनुष्य के हृदय की विचित्र गति खूब अच्छी तरह पहचान सकती है। मेहरुन्निसा के बारे में हृदय में आलोचना कर जिस सिद्धांत पर वह उपनीत हुई, अंत में वही सिद्ध हुआ।

मोती बीबी समझ गई कि मेहरुन्निसा वास्तव में जहांगीर की प्रणयानुरागिनी है; अतएव नारी दर्पवश अभी चाहे जो कहे, कालांतर में सुयोग उपस्थित होने पर वह अपने मन की गति को रोक न सकेगी। बादशाह अपनी मनोकामना अवश्य सिद्ध करेंगे।

इस सिद्धांत पर उपनीत होकर मोती बीबी की सारी आशा निर्मूल हो गई, लेकिन इससे क्या मोती बहुत दुखी हुई? यह बात नहीं। इसके बदले उसने स्वयं कुछ सुख का अनुभव ही किया। हृदय में ऐसा भाव क्यों उदित हुआ, मोती स्वयं भी पहले समझ न सकी। उसने आगरा के लिए यात्रा की; राह में कितने ही दिन बीते। इन कई दिनों में वह अपने चित्त के भाव को समझती रही।

4

राज निकेतन में

मोती बीबी यथा समय आगरा पहुंची। अब इसे मोती कहने की आवश्यकता नहीं है।

इन कई दिनों में मोती बीबी की मनोवृत्ति बहुत कुछ बदल गई थी। उसकी जहांगीर के साथ मुलाकात हुई।

जहांगीर ने पहले की तरह उसका आदर कर उसके भाई का कुशल संवाद और राह की कुशलता आदि पूछी। लुत्फुन्निसा ने जो बात मेहरुन्निसा से कही थी, वह सच हुई।

अन्यान्य प्रसंग के बाद वर्द्धमान की बात सुनकर जहांगीर ने पूछा– "कहती हो कि मेहरुन्निसा के पास दो दिन तुम ठहरी, मेहरुन्निसा मेरे बारे में क्या कहती थी?"

लुत्फुन्निसा ने अकपट हृदय से मेहरुन्निसा के अनुराग की सारी बातें कह सुनाई।

बादशाह सुनकर चुप हो गए। उनके बड़े-बड़े नेत्रों में एक बिंदु जल आकर ही रह गया।

लुत्फुन्निसा ने कहा– "जहांपनाह! दासी ने शुभ संवाद दिया है। अभी भी दासी को किसी पुरस्कार का आदेश नहीं हुआ।"

बादशाह ने मोती बीबी के चेहरे पर गहरी दृष्टि डालते हुए हंसकर कहा– "बीबी! तुम्हारी आकांक्षा अपरिमित है।"

लुत्फुन्निसा सिर झुकाकर कोर्निश करती हुई बोली– "जहांपनाह! दासी का कुसूर क्या है?"

बादशाह-दिल्ली के बादशाह को तुम्हारा गुलाम बना दिया है और फिर भी पुरस्कार चाहती हो!

लुत्फुन्निसा ने हंसकर कहा– "जहांपनाह! स्त्रियों की आकांक्षाएं बहुत भारी होती हैं।"

बादशाह-अब और कौन-सी आकांक्षा है?

लुत्फुन्निसा-पहले आपका शाही हुक्म हो कि बांदी की अर्जी कुबूल की जाएगी।

बादशाह–हुकूमत में खलल न पड़े।

लुत्फुन्निसा–एक के लिए दिल्लीश्वर के काम में किसी भी तरह का खलल न पड़ेगा।

बादशाह–तो मंजूर है, बोलो कौन-सी बात है?

लुत्फुन्निसा-इच्छा है, एक शादी करूंगी।

जहांगीर ठहाका मारकर हंस पड़े; बोले– "है बड़ी भारी चाह। कहीं सगाई ठीक हुई है?"

लुत्फुन्निसा–जी हां, हुई है। सिर्फ शाही फरमान की देर है। बिना हुजूर की इच्छा के कुछ भी न होगा।

बादशाह-इसमें मेरे हक्म की क्या जरूरत है। किस भाग्यशाली को सुख-सागर में डुबोओगी?

लुत्फुन्निसा-दासी ने दिल्लीश्वर की तन-मन से सेवा की है, इसलिए द्विचारिणी नहीं है। दासी अपने स्वामी के साथ ही शादी करने का विचार कर रही है।

बादशाह-सही है, लेकिन इस पुराने नौकर की क्या दशा होगी, क्या यह भी सोचा है?

लुत्फुन्निसा चंचल स्वर में बोली– "दिल्लीश्वरी मेहरुन्निसा को सौंप जाऊंगी।"

बादशाह–दिल्लीश्वरी मेहरुन्निसा कौन?

लुत्फुन्निसा–जो होगी।

जहांगीर मन-ही-मन समझ गए कि मेहरुन्निसा दिल्लीश्वरी होगी, कुछ इस तरह का विश्वास लुत्फुन्निसा को हो गया है। अतएव वह अपनी इच्छा विफल होने के कारण राज्य-परिवार से विरागवश हट ने का अवसर प्राप्त करना चाहती है।

ऐसा सोचकर जहांगीर दुःखी होकर चुप रहे।

लुत्फुन्निसा ने पूछा– "शहंशाह की क्या ऐसी मर्जी नहीं है?"

बादशाह–नहीं, मेरी गैरमर्जी नहीं है, लेकिन स्वामी के साथ फिर विवाह करने की क्या जरूरत है?

लुत्फुन्निसा–कालक्रम से प्रथम विवाह में स्वामी ने पत्नी रूप में ग्रहण किया। अभी जहांपनाह दासी का त्याग न करेंगे?

बादशाह मजाक में हंसकर फिर गंभीर हो गए, बोले– "दिलजान! कोई चीज ऐसी नहीं है, जो मैं तुम्हें न दे सकूं। अगर तुम्हारी ऐसी ही मर्जी है, तो वही करो, लेकिन मुझे त्यागकर क्यों जाती हो? क्या एक ही आसमान में चांद और सूरज दोनों नहीं रहते-एक डाली में दो फूल नहीं खिलते?"

लुत्फुन्निसा आंखें फाड़कर बादशाह को देखती रही, बोली– "हुजूर! छोटे-छोटे फूल जरूर खिलते हैं, लेकिन एक ताल में दो नीलकमल नहीं खिलते। हुजूर के शाही तख्त का कांटा बनकर क्यों रहूँ?"

इसके बाद लुत्फुन्निसा अपने महल में चली गई। उसकी ऐसी इच्छा क्यों हुई, यह उसने जहांगीर से नहीं बताया।

अनुभव से जो कुछ समझा जा सकता था, जहांगीर वही समझकर शांत हो गए। भीतरी वास्तविक तथ्य कुछ भी समझ न सके। लुत्फुन्निसा का हृदय पत्थर है।

सलीम की रमणी हृदय को जीतने वाली राज्यकांति ने भी कभी उसका मन मुग्ध न किया; लेकिन इस बार उस पाषाण में भी कीड़े ने प्रवेश किया है।

5

अपने महल में

लुत्फुन्निसा ने अपने महल में पहुंचकर पेशमन को बुलाया और प्रसन्न हृदय से अपनी पोशाक बदली। स्वर्णमुक्तादि से सज्जित वस्त्रों को उतारकर उन्हें पेशमन की ओर बढ़ाते हुए कहा– "यह पोशाक तुम ले लो।"

यह सुनकर पेशमन कुछ विस्मय में आई पोशाक बहुत ही बेशकीमती और हाल ही में तैयार हुई थी, बोली– "पोशाक मुझे क्यों देती हो! आज क्या खबर है?"

लुत्कुन्निसा बोली– "शुभ संवाद है।"

पेशमन-यह तो मैं भी समझ रही हूँ। क्या मेहरुन्निसा का भय दूर हो गया।

लुत्फुन्निसा–दूर हो गया। अब उस बारे में कोई चिंता नहीं है।

पेशमन ने खूब खुशी जाहिर कर कहा– "तो अब मैं बेगम की दासी हुई?"

लुत्फुन्निसा–तुम अगर बेगम की दासी होना चाहती हो, तो मैं मेहरुन्निसा से सिफारिश कर दूंगी।

पेशमन-हैं, यह क्या? आपने ही तो कहा कि मेहरुन्निसा की अब बादशाह की बेगम होने की कोई संभावना नहीं है?

लुत्फुन्निसा – मैंने यह बात तो नहीं कही। मैंने कहा था कि इस विषय में अब मुझे कोई चिंता नहीं।

पेशमन–चिंता क्यों नहीं है? यदि आप आगरा की एकमात्र अधीश्वरी न हुई तो सब व्यर्थ है।

लुत्फुन्निसा-आगरा से अब कोई संबंध न रखूंगी।

पेशमन-हैं! मेरी समझ में कुछ आता ही नहीं। तो वह शुभ संवाद क्या है, समझाकर बताइए न?

लुत्फुन्निसा–शुभ संवाद यही है कि इस जीवन में आगरा को छोड़कर अब मैं चली।

पेशमन-कहां जाएंगी?

लुत्फुन्निसा-बंगाल में जाकर रहूँगी। हो सका तो किसी भले आदमी के घर की गृहिणी बनकर रहूँगी।

पेशमय-यह व्यंग्य नया जरूर है, लेकिन सुनकर कलेजा कांप उठता है।

लुत्फुन्निसा-व्यंग्य नहीं करती, मैं सचमुच आगरा छोड़कर जा रही हूँ। बादशाह से विदा ले आई हूँ।

पेशमन–यह कुप्रवृत्ति आपकी क्यों हुई?

लुत्फुन्निसा-यह कुप्रवृत्ति नहीं है। बहुत दिनों तक आगरा में रही, क्या नतीजा हुआ? बचपन से ही सुख की बड़ी प्यास थी। उसी प्यास को बुझाने के लिए बंगाल से यहां तक आई। इस रत्न को खरीदने के लिए कौन-सा मूल्य मैंने नहीं चुकाया? कौन-सा दुष्कर्म मैंने नहीं किया और जिस उद्देश्य के लिए यह सब किया, उसमें मैं क्या नहीं पा सकी? ऐश्वर्य, संपदा, धन, गौरव, प्रतिष्ठा सबका तो छक्कर मजा लिया, लेकिन इतना पाकर भी क्या हुआ? आज यहां बैठकर हर दिन को गिनकर कह सकती हूँ कि एक दिन के लिए, एक क्षण के लिए भी सुखी न हो सकी। कभी परितृप्त न हुई। सिर्फ प्यास दिन-पर-दिन बढ़ती जाती है। चेष्टा क्यों, तो और भी संपदा, और भी ऐश्वर्य का लाभ कर सकती हूँ, लेकिन किसलिए? इन सब में सुख होता तो क्यों एक दिन के लिए भी सुखी न होती? यह सुख की इच्छा पहाड़ी नदी की तरह है-पहले एक निर्मल पतली धार जंगल से बाहर होती है, अपने गर्भ में आप ही छिपी रहती है, कोई जानता भी नहीं; अपने ही अंतर में कल-कल करती है, कोई सुनता भी नहीं, क्रमशः जितना आगे बढ़ती है, उतनी ही बढ़ती जाती है, लेकिन उतनी ही पंकिल भी होती जाती है। केवल इतना ही नहीं, कभी वायु का झकोरा पा लहरें मारती हैं-उसमें हिंसक जीवों का निवास हो जाता है। जब शरीर और आगे बढ़ता है, तो कीचड़ और भी मिलता है जब गंदला होता है-खारा होता है तो असंख्य ऊसर और रेत उसके हृदय में समा जाता है-वेग मंद पड़ जाता है। इसके बाद वह बृहत् रूप-गंदा रूप सागर में जाकर क्यों विलीन हो जाता है, कौन बता सकता है?

पेशमन–मैं यह सब तो कुछ भी नहीं समझ पाती, लेकिन यह सब तुम्हें अच्छा क्यों नहीं मालूम पड़ता?

लुत्फुन्निसा-क्यों अच्छा नहीं मालूम पड़ता – यह इतने दिनों के बाद अब समझ सकी हूँ। तीन वर्ष तक शाही महल की छाया में बैठकर जो सुख प्राप्त नहीं हुआ, उड़ीसा से लौटने के समय बाद में, एक रात में वह सुख मिला। इसी से समझी!

पेशमन-क्या समझी?

लुत्फुन्निसा–मैं इतने दिनों तक हिंदुओं की देव-मूर्ति की तरह रही। नाना स्वर्ण और रत्न आदि से लदी हुई, भीतर से पत्थर। इंद्रिय सुख की खोज में आग के बीच घूमती रही, लेकिन अग्नि का स्पर्श कभी नहीं किया। अब एक बार देखना है, शायद पत्थर के अंदर से कोई रक्तवाही शिरा मिल जाए।

पेशमन-यह भी तो समझ में नहीं आता।

लुत्फुन्निसा-मैंने इस आगरा में कभी किसी से प्रेम किया है?

पेशमन–(धीरे से) किसी से भी नहीं?

लुत्फुन्निसा–तो फिर मैं पत्थर नहीं, तो क्या हूँ?

पेशमन–तो अब प्रेम करने की इच्छा है, तो क्यों नहीं करती?

लुत्फुन्निसा-हृदय ही तो है, इसलिए आगरा छोड़कर जा रही हूँ।

पेशमन-इसकी जरूरत ही क्या है? आगरा में क्या आदमी नहीं हैं, जो दूसरे देश में जाओगी? अब जो तुमसे प्रेम कर रहे हैं, उन्हें तुम भी प्रेम क्यों नहीं करतीं? रूप में, धन में, ऐश्वर्य में चाहे जिसमें कहें, इस समय दिल्लीश्वर से बढ़कर पृथ्वी पर कौन है?

लुत्फुन्निसा–आकाश में चंद्र-सूर्य के रहते जल अधोगामी क्यों होता है?

पेशमन-मैं ही पूछती हूँ, क्यों?

लुत्फुन्निसा–ललाट लिखन-भाग्य।

लुत्फुन्निसा ने सारी बातें खुलकर न बताईं।

पाषाण में अग्नि ने प्रवेश किया; पाषाण गल रहा था।

6

चरणों में

खेत में बीज बो देने से आप ही उगता है। जब अंकुर पैदा होता है, तो न कोई जान पाता है और न देख पाता है, लेकिन एक बार बीज के बो जाने पर बोने वाला चाहे कहीं भी रहे वह अंकुर वृद्धि करते हुए वृक्ष बनकर मस्तक ऊंचा करता है। अभी वह वृक्ष केवल एक अंगुल मात्र का है, देखकर भी दिख नहीं सकता। क्रमशः तिल-तिल बढ़ रहा है। इसके बाद वह वृक्ष आधा हाथ, फिर एक हाथ, दो हाथ तक बढ़ा, फिर भी उसमें यदि किसी का स्वार्थ न रहा तो उसे देखकर भी ख्याल नहीं करता। दिन बीतते हैं, महीने बीतते हैं, वर्ष बीतते हैं, इससे ऊपर दृष्टि जाती है, फिर उपेक्षा की तो बात ही नहीं रहती क्रमशः वह वृक्ष बड़ा होता है, अपनी छाया में दूसरे वृक्षों को नष्ट करता है-फिर और चाहिए क्या, खेत में एकमात्र वही रह जाता है।

लुत्फुन्निसा का प्रणय इसी तरह बढ़ा था। पहले एक दिन अकस्मात् प्रणय-भाजन के साथ मुलाकात हुई, उस समय प्रणय संचार विशेष रूप से परिलक्षित न हुआ, लेकिन अंकुर उसी समय आ गया। इसके बाद फिर मुलाकात न हुई, लेकिन बिना मुलाकात हुए ही बारंबार वह चेहरा हृदय में खिलने लगा, याद्दाश्त में उस चेहरे को याद करना सुखकर जान पड़ने लगा, अंकुर बढ़ा। मूर्ति के प्रति फिर अनुराग पैदा हुआ।

चित्त का यही धर्म है कि जो मानसिक कर्म जितनी बार अधिक किया जाए, उस कर्म में उतनी ही अधिक प्रवृत्ति होती है; वह कर्म क्रमशः स्वभाव सिद्ध हो जाता है और लुत्फुन्निसा उस मूर्ति को रात-दिन याद करने लगी। इससे दारुण दर्शन की अभिलाषा उत्पन्न हुई। इसके साथ ही साथ उसकी सहज स्पृहा का प्रवाह भी दुर्निवार्य हो उठा। दिल्ली की सिंहासन लिप्सा भी उसके आगे तुच्छ जान पड़ी राज्य

राजधानी राजसिंहासन-सबका विसर्जन कर वह प्रिय-मिलन के लिए दौड़ पड़ी। वह प्रियजन नवकुमार है।

लुत्फुन्निसा मेहरुन्निसा की आशानाशिनी बात सुनकर भी इसीलिए दुखी न हुई थी -इसीलिए आगरा पहुंचकर संपदा-रक्षा की भी उसे परवाह नहीं रही और इसीलिए उसने जीवन पर्यंत के लिए बादशाह से विदा ली।

लुत्फुन्निसा सप्तग्राम में आई, राजपथ के निकट ही नगरी के बीच में स्थित एक अट्टालिका में उसने अपना डेरा डाला। राजपथ के पथिकों ने देखा कि एकाएक वह अट्टालिका जरदोजी और किमखाब की पोशाकों से सजे दास-दासियों से भर गई। हर कमरे की शोभा हरम जैसी निराली थी। सुगंधित वस्तुएं, गुलाब, खस, केसर, कपूरादि से सारा प्रांगण भर गया है। स्वर्ण, रजत, हाथी दांत आदि के सामानों से मकान अपूर्व शोभा पाने लगा। ऐसे ही एक सजे हुए कमरे में लुत्फुन्निसा अधलेटी अवस्था में बैठी हुई है। एक अलग आसन पर नवकुमार बैठे हुए हैं। सप्तग्राम में लुत्फुन्निसा से नवकुमार की दो-एक बार और मुलाकात हो चुकी है। इन मुलाकातों से लुत्फुन्निसा का मनोरथ कहां तक सिद्ध हुआ, वह इस वार्ता से ही प्रकट होगा।

कुछ देर तक चुप रहने के बाद नवकुमार ने कहा– "अब मैं जाता हूँ, फिर तुम मुझे न बुलाना।"

लुत्फुन्निसा बोली– "नहीं, अभी न जाओ। थोड़ा और ठहरो। मुझे अपना वक्तव्य पूरा कर लेने दो।"

नवकुमार ने थोड़ी देर और प्रतीक्षा की, लेकिन लुत्फुन्निसा चुप ही रही। थोड़ी देर बाद नवकुमार ने फिर पूछा– "और तुम्हें क्या कहना है?"

लुत्फुन्निसा ने कोई जवाब न दिया। वह चुपचाप रो रही थी। यह देखकर नवकुमार उठकर खड़े हो गए लुत्फुन्निसा ने उनका वस्त्र पकड़ लिया।

नवकुमार ने कुछ विरक्त होकर कहा– "क्या कहती हो, कहो न?"

लुत्फुन्निसा बोली– "तुम क्या चाहते हो? क्या पृथ्वी की कोई भी चीज तुम्हें न चाहिए? धन, संपदा, मान, प्रणय, राग-रंग पृथ्वी पर जिन-जिन चीजों को सुख कह सकते हैं, सब दूंगी, उसके बदले में कुछ भी नहीं चाहती; केवल तुम्हारी दासी होना चाहती हूँ। तुम्हारी धर्मपत्नी बनने का गौरव मुझे नहीं चाहिए. सिर्फ दासी बनना चाहती हूँ।"

नवकुमार ने कहा– “मैं दरिद्र ब्राह्मण हूँ, इस जन्म में दरिद्र ब्राह्मण ही रहूँगा। तुम्हारी दी हुई धन-संपदा को लेकर यवनीजार नहीं बन सकता।”

यवनीजार! नवकुमार अब तक जान न सके कि यही रमणी उनकी पत्नी है। लुत्फुन्निसा सिर नीचा किए रह गई। नवकुमार ने उसके हाथ से अपना कपड़ा छुड़ा लिया। लुत्फुन्निसा ने फिर उनका वस्त्र पकड़कर कहा– “अच्छा, यह भी जाने दो। विधाता की यदि ऐसी ही इच्छा है, तो सारी चित्तवृत्ति की अतल जल में दे दूंगी और कुछ नहीं चाहती; केवल जब इस राह से होकर जाना, दासी जानकर एक बार दर्शन दे दिया करना, केवल आंखें ठंडी कर लिया करूंगी।”

नवकुमार-तुम मुसलमान हो पराई औरत हो तुम्हारे साथ इस तरह बात करने में भी मुझे दोष है। अब तुम्हारे साथ मेरी मुलाकात न होगी।

थोड़ी देर तक सन्नाटा रहा। लुत्फुन्निसा के हृदय में तूफान मचल रहा था। वह पत्थर की मूर्ति की तरह अचल बैठी रही। नवकुमार का वस्त्र उसने छोड़ दिया, बोली– “जाओ।”

नवकुमार चलें। ये जैसे ही दो-चार कदम बढ़े थे कि वायु द्वारा कर फेंकी गई लता की तरह लुत्फुन्निसा एकाएक उनके पैरों पर आ गिरी। अपनी बाहुलता से चरणों को पकड़े हुए बड़े ही कातर स्वर में उसने कहा– “निर्दय में तुम्हारे लिए आगरा का शाही तख्त छोड़कर आई हूँ। तुम मेरा त्याग न करो।”

नवकुमार बोले – “फिर आगरा लौट जाओ। मेरी आशा छोड़ दो।”

“इस जन्म में नहीं।” तीर की तरह उठकर खड़ी हो सदर्प लुत्कुन्निसा ने कहा– “इस जन्म में तुम्हारी आशा त्याग नहीं सकती।” मस्तक उन्नत और बहुत हल्की टेढ़ी गरदन किए, अपने नेत्र एकटक नवकुमार पर जमाए वह राज राजमोहिनी खड़ी रही। जो अदमनीय गर्व हृदयाग्नि में लग गया था, उसकी ज्योति फिर छिटकने लगी। जो अजेय मानसिक शक्ति भारत के राज्य शासन की कल्पना से भी डरी नहीं, वह शक्ति फिर उस प्रणय दुर्बल देह में संचालित होने लगी। ललाट पर नसें फूलकर अपूर्व शोभा देने लगी, ज्योतिर्मयी आंखें समुद्र के जल में पड़ने वाली रविरश्मि की तरह झल-झला उठी। नाक का अग्रभाग उत्तेजना से कांपने लगा। लहरों पर नाचने वाली राजहंसी गतिरोध करने वाले को जैसे देखती है, दलितफण फणिनी जैसे फन उठाकर ताकती है, वैसे ही वह उन्मादिनी यवनी अपना मस्तक उन्नत किए देखती रही, बोली– “इस जन्म में नहीं, तुम मेरे ही होगे।”

उस कुपित फणिनी की मूर्ति देखकर नवकुमार सहम गए। लुत्फुन्निसा की अनिर्वचनीय देह महिमा जैसी इस समय दिखाई दी, वैसी कभी दिखाई न दी थी, लेकिन उस सौंदर्य को वज्रसूचक विद्युत की तरह मनमोहिनी देखकर भय हुआ।

नवकुमार जाना ही चाहते थे, लेकिन सहसा उन्हें एक और मूर्ति का ख्याल हो आया। एक दिन नवकुमार अपनी प्रथम पत्नी पद्मावती के प्रति विरक्त होकर उसे अपने कमरे से निकालने पर उद्यत हुए थे। द्वादशवर्षीय बालिका उस समय जिस वेदना से मुड़कर उनकी तरफ खड़ी हुई थी, ठीक उसी तरह उसके नेत्र चमक उठे थे, ललाट पर ऐसी ही रेखाएं खिंच गई थीं. नासारंध्र इसी प्रकार कांपे थे। बहुत दिनों से उस मूर्ति का ख्याल न आया था। ऐसा ही सादृश्य अनुभूत हुआ।

संशयहीन होकर धीमे स्वर में नवकुमार ने पूछा– "तुम कौन हो?"

यवनी की आंखें और विस्तारित हो गईं। उसने कहा– "मैं वही हूँ-पद्मावती।"

उत्तर की प्रतीक्षा किए बिना ही लुत्फुन्निसा दूसरे कमरे में चली गई।

नवकुमार भी अनमने से अंतर-शंकित हृदय से अपने घर लौट आए।

7

उपनगर-प्रांत में

दूसरे कमरे में जाकर लुत्फुन्निसा ने अपना दरवाजा बंद कर लिया। वह दो दिन तक उस कमरे से बाहर न निकली। इधर दो दिन में उसने अपने कर्तव्याकर्तव्य का निश्चय कर लिया। स्थिर होकर वह दृढ़प्रतिज्ञ हुई।

सूर्य अस्त होना ही चाहते थे। उस समय लुत्फुन्निसा पेशमन की सहायता से अपना श्रृंगार करने लगी। आश्चर्यजनक वेशभूषा थी! पेशवाज नहीं, पाजामा नहीं, ओढनी नहीं; रमणी वेश का कोई चिह्न नहीं था। जैसी वेशभूषा उसने धारण की, उसे शीशे में देखकर उसने पेशमन से पूछा– "पेशमन क्या मैं पहचानी जा सकती हूँ?"

पेशमन बोली– "किसकी मजाल है?"

लुत्फुन्निसा-तो मैं जाती हूँ। मेरे साथ कोई भी न जाएगा।

पेशमन कुछ संकुचित होकर बोली– "दासी का कुसूर माफ हो तो एक बात पूछूं?"

लुत्फनिया ने पूछा – "क्या?"

पेशमन ने कहा– "आपकी मंशा क्या है?"

लुत्फुन्निसा बोली– "यही कि कपालकुंडला का उसके पति से चिर-विच्छेद हो जाए, इसके बाद वे मेरे होंगे।"

पेशमन-बीबी! जरा विचार कर लीजिए वह घना जंगल होगा; रात होने वाली है, आप अकेली रहेंगी।

लुत्फुन्निसा इसका कोई जवाब न देकर घर से बाहर हुई।

सप्तग्राम में जिस जनहीन उपप्रांत में नवकुमार रहते हैं, वह उसी तरफ चली। वहां पहुंचते-पहुंचते उसे रात हो गई।

नवकुमार के घर के समीप ही एक घना जंगल है; पाठकों को यह याद रह सकता है। उसी के किनारे पहुंचकर वह एक पेड़ के नीचे बैठ गई। कुछ देर बैठकर वह अपने दुःसाहसिक कार्य के बारे में सोचने लगी। घटनाक्रम अपूर्व रूप से उसका सहायक हो गया।

लुत्फुन्निसा जहां बैठी थी, वहां से उसे बराबर उच्चरित होने वाला कोई कंठस्वर सुनाई पड़ा। उसने उठकर चारों तरफ देखा, एक रोशनी जलती दिखाई दी। लुत्फुन्निसा का साहस पुरुष से भी बढ़कर था। जहां से रोशनी आ रही थी, वह उधर ही चली। पहले पेड़ की आड़ से देखा, बात क्या है! उसने देखा कि रोशनी यज्ञ होम की है और मनुष्य कंठ मंत्रोच्चारण कर रहा है। मंत्र में केवल एक नाम सुनाई पड़ा। परिचित नाम सुनते ही लुत्फुन्निसा यज्ञकर्ता के पास जा बैठी।

इस समय वह वहीं बैठी रही। पाठकों ने बहुत काल से कपालकुंडला की खबर नहीं पाई है। अतः कपालकुंडला की खबर जरूरी है।

चतुर्थ खंड

कपालकुंडला ने धीरे-धीरे दरवाजा बंद कर दिया और शयनागार में आई। वह धीरे से अपने पलंग पर सो गई। मनुष्य हृदय अनंत समुद्र है, जब उससे प्रबल वायु समर करने लगती है तो कितनी तरंगें उठती हैं? यह कौन गिन सकता है। प्रबल वायु से हिलता और वर्षा के जल से भीगा हुआ जटाजूटधारी कापालिक का चेहरा उसे सामने दिखाई पड़ने लगा और पहले की समूची घटनाओं को कपालकुंडला याद करने लगी। घने जंगल में कापालिक की वह भैरवी पूजा, अन्यान्य पैशाचिक कार्य, वह उसके साथ कैसा आचरण कर भागकर आई है, नवकुमार का बंधन आदि वह सब याद आने लगा। कपालकुंडला कांप उठी।

कपालकुंडला अंतःकरण से तांत्रिक की संतान है। जिस प्रकार तांत्रिक भवानी के प्रसाद के रूप में दूसरों की जान लेने का आकांक्षी है, वैसे ही वह भी उसी आकांक्षा से आत्म-विसर्जन के लिए तैयार है। कापालिक की वजह से कपालकुंडला केवल शक्ति-प्रार्थिनी है-यह बात नहीं, बल्कि असली कारण यह है कि संगति के प्रभाव के कारण वह देवी की श्रद्धा-भक्ति में मन अनुरागिनी है। वह मन में समझ चुकी है कि सृष्टिशासनकर्त्री और मुक्तिदात्री एकमात्र भैरवी ही हैं। यह सही है कि भैरवी पूजा में नर-बलि के रक्त से प्रांगण भर उठता है, यह उसका पर-दुःखकातर हृदय सहने में असमर्थ है, किंतु और किसी कार्य में उसकी भक्ति भावना कुंठित नहीं है। उन्हीं जगतशासनकर्त्री, सुख दुःख–विधायिनी मोक्षदायिनी भगवती ने स्वप्न में उसे आत्म-विसर्जन का आदेश दिया है, फिर कपालकुंडला क्यों न उस आज्ञा को माने?

1

शयनागार में

लुत्फुन्निसा के आगरा जाने और फिर सप्तग्राम लौटकर आने में कोई एक साल हुआ हैं,कपालकुंडला एक वर्ष से नवयुवक की गृहिणी है। जिस दिन प्रदोषकाल में लुत्फुन्निसा जंगल में आई, उस समय कपालकुंडला कुछ अनमनी-सी अपने शयनागार में बैठी है। पाठकों ने समुद्रतटवासिनी, खुले लहराते बालों वाली और भूषणविहीना जिस कपालकुंडला को देखा था, अब यह कपालकुंडला नहीं है। श्यामासुंदरी की भविष्यवाणी सत्य हुई है। पारसमणि के स्पर्श से योगिनी गृहिणी हुई है। इस समय वे सारे रेशम जैसे रूखे लंबे बाल, जो पीठ पर अनियंत्रित लहराया करते थे, अब आपस में गुंथकर वेणी रूप में शोभा पा रहे हैं।

वेणी रचना में भी बहुत कुछ शिल्प-परिपाटी है, केशविन्यास में सूक्ष्म केशीकार्य श्यामासुंदरी के विन्यास-कौशल का परिचय दे रहा है। फूलों को भी छोड़ा नहीं गया है, वे भी वेणी में चारों तरफ खूबसूरती के साथ गुंथे हुए हैं। सिर के बाल भी समान ऊंचाई में नहीं, बल्कि मालूम होता है कि आकुंचनयुक्त कृष्ण तरंगमाला की तरह शोभित हैं। मुखमंडल अब केश समूह से ढका नहीं रहता; ज्योतिर्मय होकर शोभा पाता है। केवल कहीं-कहीं पुष्प गुच्छ लटक रहे हैं और स्वेदबिंदु झलक रहे हैं। वर्ण वही, अर्द्ध-चंद्र की रश्मियों से झिलमिलाता हुआ। अब दोनों कानों में स्वर्ण कुंडल लहरा रहे हैं; गले में हार है। रंग के आगे वे म्लान नहीं हैं, बल्कि वे इस प्रकार शोभा पा रहे हैं, जैसे अर्धचंद्र- कौमुदी -वसना धारिणी के अंग पर वे कुसुमवत् शोभित हैं। वे दुग्धश्वेत जैसे शुभ्र वस्त्र पहने हुए हैं; वे वस्त्र आकाशमंडल में खेलने वाले सफेद बादलों की तरह शोभा पा रहे हैं।

यद्यपि वर्ण वही है, लेकिन पूर्वापेक्षा कुछ म्लान, जैसे आकाश में कहीं काले मेघ झलक रहे हो। कपालकुंडला अकेली न बैठी थी उसकी सखी श्यामासुंदरी पास

में बैठी हुई है। उन दोनों में आपस में बातें हो रही थीं। उनकी वार्ता का कुछ अंश पाठकों को सुनना होगा।

कपालकुंडला ने पूछा– "ननदोईजी, अभी यहां कितने दिन रहेंगे?"

श्यामा ने उत्तर दिया– "कल शाम को चले जाएंगे। आहा! आज रात को भी यही औषधि लाकर रख लेती तो उन्हें वश में कर मनुष्य जन्म सार्थक कर सकती।

कल रात को निकली तो लात-जूता खाया, फिर भला आज रात कैसे निकलूं?"

कपालकुंडला- दिन को ले आने से काम न चलेगा?

श्यामासुंदरी-नहीं, दिन में तोड़ने से फल न होगा। ठीक आधी रात को खुले बालों से तोड़ना होता है; अरे बहन! क्या कहें, मन की साध मन में ही रह गई।

कपालकुंडला-अच्छा, आज दिन में तो मैं उस पेड़ को पहचान ही आई हूँ और जिस वन में है, वह भी जान चुकी हूँ। अब आज तुम्हें जाना न होगा, मैं अकेली ही रात में जाकर औषधि ला दूंगी।

श्यामासुंदरी-नहीं-नहीं। एक दिन जो हो गया, सो हो गया। तुम रात को अकेली न निकलना।

कपालकुंडला-इसके लिए तुम चिंता क्यों करती हो? सुन तो चुकी हो, रात को जंगल में अकेली घूमना मेरा बचपन का अभ्यास है। मन में विचार करो, यदि मेरा ऐसा अभ्यास न होता, तो आज कभी तुमसे मुलाकात भी न हुई होती।

श्यामासुंदरी-इस ख्याल से नहीं कहती हूँ, किंतु यह ख्याल है कि रात को जंगल में अकेली घूमना क्या भले घर की बहू-बेटियों का काम है! दो आदमियों के रहने पर तो इतना तिरस्कार उठाना पड़ा, तुम यदि अकेली गई, तो भला कैसे रक्षा होगी?

कपालकुंडला-इसमें हर्ज ही क्या है? तुम क्या यह ख्याल करती हो कि मैं रात में घर के बाहर होते ही कुचरित्र हो जाऊंगी?

श्यामासुंदरी-नहीं-नहीं। यह ख्याल नहीं, लेकिन बुरे लोग तो बुराई करते ही हैं।

कपालकुंडला–कहने दो; मैं उनके कहने से बुरी तो न हो जाऊंगी।

श्यामासुंदरी-यह तो है ही; लेकिन तुम्हें कोई बुरा-भला कहे तो हम लोगों के मन को चोट पहुंचेगी।

कपालकुंडला–इस तरह की व्यर्थ की चोट न पहुंचने दो।

श्यामासुंदरी-खैर, मैं यह भी कर सकूंगी, लेकिन भैया को क्यों नाराज- दुखी करती हो?

कपालकुंडला ने श्यामासुंदरी के प्रति एक विमल कटाक्षपात किया, बोली– "इसमें यदि वे नाराज हों, तो मैं क्या करूं? मेरा क्या दोष है, अगर जानती कि स्त्रियों के विवाह का अर्थ दासी बनना है, तो कभी विवाह न करती।"

इसके बाद और जवाब सवाल करना श्यामासुंदरी ने उचित न समझा, अतः वह अपने काम में लग गई।

कपालकुंडला आवश्यक कार्यादि से निवृत्त हुई। घर के काम से खाली हो, वह औषधि लाने के लिए घर से निकल पड़ी। उस समय एक पहर रात बीत चुकी थी। चांदनी रात थी। नवकुमार बाहरी कमरे में बैठे हुए थे। उन्होंने खिड़की में से देखा कि कपालकुंडला बाहर जा रही है। उन्होंने भी घर के बाहर हो, मृण्मयी का हाथ पकड़ लिया। कपालकुंडला ने पूछा– "क्या बात है?"

नवकुमार ने कहा– "कहां जाती हो?" नवकुमार के स्वर में तिरस्कार का लेश-मात्र भी न था।

कपालकुंडला बोली– "श्यामासुंदरी अपने पति को वश में करने के लिए एक जड़ी चाहती है, वही लेने जा रही हूँ।"

नवकुमार ने पूर्ववत् कोमल स्वर में पूछा– "कल तो एक बार हो आई थी; फिर आज क्यों?"

"कल खोजकर पा न सकी। आज फिर खोजूंगी।"

नवकुमार ने कोमल स्वर में ही कहा– "अच्छा, दिन में जाने से क्या काम न होगा?" नवकुमार का स्वर स्नेहपूर्ण था।

कपालकुंडला ने कहा– "लेकिन दिन की लाई गई जड़ी फलती नहीं।"

नवकुमार–तो तुम्हें खोजने की क्या जरूरत है? मुझे जड़ी का नाम बता दो, मैं खोजकर ला दूंगा।

कपालकुंडला-मैं पेड़ देखकर पहचान सकती हूँ, उसका नाम नहीं जानती और तुम्हारे तोड़ने से भी उसका फल न होगा। औरतों को बाल खोलकर तोड़ना पड़ता है। तुम परोपकार में विघ्न न डालो।

कपालकुंडला ने यह बात अप्रसन्नतापूर्वक कही। नवकुमार ने भी फिर आपत्ति न की, बोले– "चलो, मैं भी तुम्हारे साथ चलता हूँ।"

कपालकुंडला ने अभिमान भरे स्वर में कहा– "आओ, मैं अविश्वासिनी हूँ या क्या हूँ, अपनी आंखों से देख लो।"

नवकुमार ने फिर कुछ न कहा। उन्होंने कपालकुंडला का हाथ छोड़ दिया और घर के अंदर चले गए। कपालकुंडला अकेली जंगल में जा घुसी।

2

जंगल में

सप्तग्राम का यह भाग जंगलमय है, यह बहुत कुछ पहले लिखा जा चुका है। गांव से थोड़ी ही दूर पर घना जंगल है।

कपालकुंडला एक संकीर्ण जंगली राह से अकेली औषधि की खोज में चली। निस्तब्ध रात्रि थी, शब्दहीन, किंतु मधुर।

मधुर रात्रि में स्निग्ध और उज्ज्वल चांदनी फैलाते हुए चंद्रदेव आकाश में रुपहले बादलों का अतिक्रम करते अपनी यात्रा कर रहे थे। नीरव हो वृक्ष के पत्ते उन किरणों से अठखेलियां कर रहे थे।

शांत लता गुल्मों के बीच फूल खिलकर सफेद चांदनी में अपने अस्तित्व से होड़ लगा रहे थे।

पशु-पक्षी सब नीरव थे, प्रकृति भी नीरव थी, लेकिन कभी-कभी घोंसलों में बैठे पक्षियों के पंखों की फड़फड़ाहट, सूखे पत्तों के गिरने की हल्की-सी आवाज, सर्पादि जीवों के रेंगने और कहीं दूर कुत्तों के भोंकने का शब्द सुनाई पड़ जाता था।

वायु भी निस्तब्ध थी, यह बात नहीं, वह चल रही थी, लेकिन इतनी मृदुगति से कि केवल ऊपरी वृक्षपत्र मात्र हिलते थे, लताएं रस लेती थीं; आकाश में निरभ्र मेघखंड धीरे-धीरे उड़ रहे थे। उस प्रकृति की नीरवता का सुख लेने वाला अनुभव कर सकता था कि मंद वायु-प्रवाह जारी है। पूर्व सुख की स्मृति जाग रही थी।

कपालकुंडला की पूर्व स्मृति इस समय जाग उठी। उसे याद आया कि सागर तटवर्ती बालियाड़ी दूहे पर मंद वायु किस प्रकार उसके केशों के साथ खिलवाड़ करती थी।

कपालकुंडला ने आकाश की तरफ देखा, उसे अनंत नीलमंडल याद आया, समुद्र का रूप। कपालकुंडला इसी तरह की पूर्व स्मृति से अनमनी चली जा रही है।

अनमनी होने के कारण कपालकुंडला को याद न रहा कि वह किस काम के लिए कहीं जा रही है। जिस राह से वह जा रही है, वह क्रमशः अगम्य होने लगी।

जंगल घना हो गया। मस्तक पर लता-वृक्ष का वितान घना हो गया। चांदनी न आने के कारण अंधेरा हो गया। क्रमशः राह भी गुम हो गई। राह न मिलने के कारण कपालकुंडला का स्वप्न भंग हुआ। उसने उधर ताककर देखा, दूर एक रोशनी जल रही थी।

लुत्फुन्निसा ने भी पहले इसी रोशनी को देखा था। पूर्व अभ्यास के कारण कपालकुंडला इन सब बातों से भयरहित थी, लेकिन कौतूहल तो अवश्य हुआ। वह धीरे-धीरे उस ज्योति के समीप पहुंची।

कपालकुंडला ने पास जाकर देखा कि जहां रोशनी जल रही है, वहां तो कोई भी नहीं; किंतु उससे थोड़ी ही दूर घना जंगल होने के कारण एक टूटी मड़ैया-सी अस्पष्ट दिखाई दी। उसकी दीवारें यद्यपि ईंटों की बनी थीं, किंतु टूटी-फूटी छोटी-सी केवल एक कोठरी मात्र थी। उस घर में से बातचीत की आवाज आ रही थी।

कपालकुंडला तेजी से किंतु निःशब्द पैर रखती हुई उस मड़ैया के पास जा पहुंची। पास पहुंचते ही मालूम हो गया कि दो मनुष्य सावधानी के साथ बातें कर रहे हैं।

पहले तो वह कुछ बात समझ न सकी; लेकिन बाद में पूरी चेष्टा करने पर निम्नलिखित प्रकार की बातें सुनाई पड़ी-

एक कह रहा है– "मेरा अभीष्ट मृत्यु है; इसमें यदि ब्राह्मण सहमत न हों, तो मैं तुम्हारी सहायता न करूंगा, तुम भी मेरी सहायता न करना।"

दूसरा बोला– "मैं भी मंगलाकांक्षी नहीं हूँ, लेकिन जीवन-भर के लिए उसका निर्वासन हो इसमें मैं राजी हूँ, लेकिन हत्या की कोई चेष्टा मेरे द्वारा नहीं हो सकती, वरन् उसके प्रतिकूल चरण ही करूँगी।"

फिर पहले ने कहा– "बहुत अबोध हो तुम। तुम्हें कुछ ज्ञान सिखाता हूँ। मन लगाकर सुनो। बहुत ही गूढ़ बातें कहूँगा। एक बार चारों तरफ देख तो आओ, मुझे श्वास की आवाज लग रही है।"

वस्तुतः बातें सुनने के लिए कपालकुंडला मड़ैया के दरवाजे के समीप ही आ गई थी। अतीव आग्रह होने के कारण उसकी सांसें जोर-जोर से चल रही थीं।

साथी की बातों पर एक व्यक्ति घर के दरवाजे पर आया और आते ही उसने कपालकुंडला को देख लिया।

कपालकुंडला ने भी चमकीली चांदनी में उस आगंतुक को देखा। वह स्थिर न कर सकी कि उस आगंतुक को देखकर वह खुश हो या डरे।

कपालकुंडला ने देखा कि आगंतुक ब्राह्मणवेशी है। सामान्य धोती पहने हुए है। उसका शरीर एक उत्तरीय द्वारा अच्छी तरह ढका हुआ है।

ब्राह्मण कुमार बहुत ही कोमल और नवयुवक जान पड़ा; कारण उसके चेहरे से बहुत ही कमनीयता दिखाई पड़ रही थी, चेहरा अतीव सुंदर है, स्त्रियों के चेहरे के अनुरूप, लेकिन रमणी दुर्लभ तेजविशिष्ट है। उसके बाल एक शिराएं साफ मर्दों की तरह कटे हुए नहीं, बल्कि स्त्रियों की तरह घुंघराले, कुछ पीठ और छाती पर लटक रहे थे। ललाट पर चमक, उभरा हुआ दिखाई पड़ती थीं।

दोनों औरतों में गजब का तेज था। हाथ में एक नंगी तलवार थी, किंतु इन रूप-राशियों के मुख पर एक तरह का भीषण भाव दिखाई पड़ रहा था। हेमंत वर्ण पर मानो कोई कराल छाया पड़ गई हो।

अंतःस्थल तक धंस जाने वाली उन औरतों की आंखों की चमक देखकर कपालकुंडला भयभीत हो गई।

दोनों एक दूसरे को एक क्षण तक देखते रहे। पहले कपालकुंडला ने आंखें झपकाईं। उसकी आंखें झपकते ही आगंतुक ने पूछा– "तुम कौन?"

यदि एक वर्ष पहले उस जंगल में ऐसा प्रश्न किसी ने किया होता तो कपालकुंडला समुचित उत्तर तुरंत प्रदान करती, लेकिन इस समय इस बदली हुई परिस्थिति में वह गृहलक्ष्मी-स्वभाव हो गई थी, अतः सहसा उत्तर न दे सकी।

ब्राह्मणवेशी ने कपालकुंडला को निरुत्तर देखकर गंभीर होते हुए कहा– "कपालकुंडला! इस भयानक रात में तुम जंगल में किस उद्देश्य से आई हो?"

एक अज्ञात रात्रिचर पुरुष के मुख से अपना नाम सुनकर कपालकुंडला अवाक् हो उठी, फिर उसके मुंह से कोई जवाब न निकला।

ब्राह्मणवेशी ने फिर पूछा– "तुमने हम लोगों की बातें सुनी हैं?"

सहसा कपालकुंडला की वाक् शक्ति फिर जागी। उसने उत्तर देने के बाद पूछा "मैं भी वही पूछती हूँ। इस जंगल में रात के समय तुम दोनों कौन-सी कुमंत्रणा कर रहे थे?"

ब्राह्मणवेशी कुछ देर तक चिंतामग्न निरुत्तर रहा मानो उसके हृदय में कोई नई इष्टसिद्धि का प्रकार आ गया हो। उसने कपालकुंडला का हाथ पकड़ लिया और उस मड़ैया से थोड़ा किनारे हटकर ले जाने लगा।

कपालकुंडला ने बड़े ही क्रोध से तेजी के साथ झटका देकर अपना हाथ छुड़ा लिया।

ब्राह्मणवेशी ने बड़ी मिठास से कानों के पास धीरे से कहा– "चिंता क्यों करती हो? मैं पुरुष नहीं हूँ।"

कपालकुंडला और आश्चर्य में आ गई। इस बात का उसे कुछ विश्वास भी हुआ और नहीं भी। वह ब्राह्मण वेशधारिणी के साथ गई। उस टूटे घर से थोड़ी दूर आड़ में पहुंचकर उसने कहा– "हम लोग जो कुपरामर्श कर रहे थे, उसे सुनोगी? वह तुम्हारे ही संबंध में है।"

कपालकुंडला का भय और आग्रह बढ़ गया, बोली– "सुनूंगी।"

छद्मवेशी ने कहा– "जब तक न लौटू, यहीं प्रतीक्षा करो।"

यह कहकर वह छद्मवेशी उस भग्न घर में लौट गया। कपालकुंडला कुछ देर तक वहीं खड़ी रही, लेकिन उसने जो कुछ सुना और देखा था, उससे उसे बहुत भय जान पड़ने लगा। यह कौन जानता है कि वह छद्मवेशी उसे वहां क्यों बैठा गया है? हो सकता है, अवसर पाकर वह अपनी अभिसंधि पूर्ण करना चाहता हो। यह सब सोचती हुई कपालकुंडला भय से विह्वल हो गई। इधर छद्मवेशी के लौटने में देर होने लगी।

अब कपालकुंडला बैठी न रह सकी, तेजी से घर की तरफ चली। आकाश भी घटा से काला पड़ने लगा। जंगल में चांदनी से जो प्रकाश फैल रहा था, वह भी दूर हो गया।

कपालकुंडला को प्रतिपल देर जान पड़ने लगी। अतः वह तेजी से जंगल से बाहर होने लगी। घर लौटते समय उसे साफ पीछे से किसी दूसरे व्यक्ति की पदध्वनि सुनाई पड़ने लगी। पीछे फिरकर देखने से अंधकार में कुछ दिखाई न पड़ा।

कपालकुंडला ने सोचा कि छद्मवेशी उसके पीछे आ रहा है। घना जंगल पीछे छोड़ वह उस क्षुद्र जंगली राह पर आ गई थी। वहां उतना अंधेरा न था, देखने से कुछ दिखाई पड़ सकता था, लेकिन उसे कुछ भी दिखाई न पड़ा। अतः वह फिर तेजी से कदम बढ़ाती हुई चली, फिर पद-शब्द सुनाई पड़ा। आकाश काली-काली घटाओं से भयानक हो उठा था।

कपालकुंडला और भी तेजी से आगे बढ़ी, घर बहुत ही करीब था, लेकिन इसी समय हवा के झटके के साथ बूंदें पड़ने लगीं।

कपालकुंडला दौड़ी। उसे ऐसा जान पड़ा कि करने वाला भी दौड़ा घर सामने दिखाई पड़ते-न-पड़ते तेज वर्षा शुरू हो गई। भयानक गर्जन के साथ बिजली चमकने लगी। आकाश में बिजली का जाल बिछ गया और रह-रहकर वज्र टूटने लगा।

कपालकुंडला किसी तरह आत्मरक्षा कर घर पहुंची। पास का बगीचा पार करके दरवाजे के अंदर दाखिल हुई। दरवाजा उसके लिए खुला हुआ था। दरवाजा बंद करने के लिए वह पलटी। उसे ऐसा जान पड़ा कि सामने दरवाजे के बाहर कोई वृद्धाकार मनुष्यमूर्ति खड़ी थी। इसी समय एक बार फिर बिजली चमक उठी। उस एक ही चमक में कपालकुंडला उसे पहचान गई। वह सागरतीरवासी वही कापालिक था।

3

स्वप्न में

कपालकुंडला ने धीरे-धीरे दरवाजा बंद कर दिया और शयनागार में आई। वह धीरे से अपने पलंग पर सो गई। मनुष्य हृदय अनंत समुद्र है, जब उससे प्रबल वायु समर करने लगती है तो कितनी तरंगें उठती हैं? यह कौन गिन सकता है। प्रबल वायु से हिलता और वर्षा के जल से भीगा हुआ जटाजूटधारी कापालिक का चेहरा उसे सामने दिखाई पड़ने लगा और पहले की समूची घटनाओं को कपालकुंडला याद करने लगी। घने जंगल में कापालिक की वह भैरवी पूजा, अन्यान्य पैशाचिक कार्य, वह उसके साथ कैसा आचरण कर भागकर आई है, नवकुमार का बंधन आदि वह सब याद आने लगा। कपालकुंडला कांप उठी। आज रात की सारी घटनाएं आंखों के सामने नाच उठीं। श्यामा की औषधि कामना, नवकुमार का निषेध, उनके प्रति कपालकुंडला का तिरस्कार, इसके बाद अरण्य की ज्योत्स्नामयी शोभा, वह भीषण दर्शन-सब याद आ गया।

पूर्व दिशा में जब उषा की लाली छा रही थी, उस समय कपालकुंडला को निंद्रा आ गई। कपालकुंडला उस हल्की नींद में स्वप्न देखने लगी मानो वह उसी सागरवक्ष पर नाव पर सवार चली जा रही है, तरणी सजी हुई, उस पर वासंती रंग की ध्वजा फहरा रही है, नाविक फूलों की माला पहने हुए, नाव खे रहे हैं। राधेश्याम का अनंत प्रणयगीत हो रहा है। पश्चिमी गगन से सूर्य तप रहे हैं, स्वर्ण धारा में समुद्र हंस रहा है। आकाश में खंड-खंड मेघ भी उस स्वर्ण धारा में स्नान कर रहे हैं। एकाएक रात हो गई। सूर्य कहां चले गए! सुनहले बादल कहीं खो गए! घने काले बादल छा गए। समुद्र में दिक् भ्रम होने लगा। किधर जाया जाए? नाव पलटी। गाना बंद हुआ, गले की माला फेंक दी गई, पताका गायब हो गई, आंधी आई। सागर में वृक्ष-परिमाण लहरें उठने लगीं। लहर से कापालिक प्रकट हुआ और बाएं

हाथ से नाव पकड़कर डुबाने को तैयार हुआ। इसी समय वह ब्राह्मणवेशधारी प्रकट हुआ। उसने पूछा– "बोलो, नाव डुबा दें या बचा दें?"

कपालकुंडला ने कहा– "डुबा दो।" उसने नाव को छोड़ दिया। नाव भी बोल उठी– "अब मैं भार उठा न सकूंगी, पाताल में जाती हूँ?" यह कहती हुई नाव पाताल में प्रवेश कर गई।

पसीने से नहाई हुई कपालकुंडला स्वप्न से जाग उठी। उसने देखा कि सवेरा हो गया है। उन्मुक्त खिड़की से बसंती हवा आ रही है। वृक्ष हल्की हवा से झूम रहे हैं। हिलती शाखाओं पर बैठे पक्षी गा रहे हैं। कितनी ही फूलों से लदी शाखाएं खिड़की के अंदर घुसी आ रही हैं। कपालकुंडला नारी स्वभाववश उन शाखाओं को एकत्र करने लगी। एकाएक उसमें से एक लिपि बाहर हुई। कपालकुंडला पढ़ना जानती थी; उसने पढ़ा-

पत्र यों था-

"आज शाम के बाद कल रात की तरह ब्राह्मण कुमार के साथ मुलाकात करो। तुम अपने बारे में जो प्रयोजनीय बात सुनना चाहती थी, उसे सुनोगी!–अहं ब्राह्मणवेशी।"

4

संकेतानुसार

उस दिन शाम तक कपालकुंडला केवल यही चिंता करती रही कि ब्राह्मणवेशी के साथ मुलाकात करनी चाहिए या नहीं। एक पतिव्रता युवती के लिए निर्जन रात में परपुरुष संभाषण बुरा और निंदनीय है, केवल यही विचार कर वह मिलने से हिचकती थी। कारण उसका सिद्धांत था कि असत् उद्देश्य से न मिलने से कोई हानि नहीं है। स्त्री को स्त्री से या पुरुष को पुरुष से मिलने का जैसा अधिकार मुझे है, वैसा ही अधिकार निर्मूल चित्त रखने पर उसे भी प्राप्त है। संदेह केवल यह है कि ब्राह्मणवेशी पुरुष है या स्त्री। उसे संकोच था तो केवल इसलिए कि मुलाकात मंगलजनक है अथवा नहीं।

पहले ब्राह्मणवेशी से मुलाकात, फिर कापालिक द्वारा पीछा और दर्शन और अंत में स्वप्न, इन सब घटनाओं ने कपालकुंडला को बहुत डरा दिया था। उसका अमंगल निकट है, उसे ऐसा प्रतीत होने लगा और उसे यह भी संदेह न रहा कि यह अमंगल कापालिक के आगमन के कारण है। यह तो स्पष्ट ही उसने कहा कि बातें कपालकुंडला के बारे में ही हो रही थीं। हो सकता है, उसके द्वारा कोई बचाव की भी राह निकल आए, लेकिन बातों से तो यही जान पड़ता है कि या तो मृत्यु अथवा निर्वासन दंड तो क्या ये सारी बातें मेरे ही लिए हैं। ब्राह्मणवेशी ने तो कहा था कि उसके बारे में ही बात है। ऐसी कुमंत्रणा में ब्राह्मणवेशी जब सहकारी है, तो उससे मिलना मंगलजनक नहीं, बल्कि आफत स्वयं बुलाना होगा, लेकिन रात में जो स्वप्न देखा, उसमें तो ब्राह्मणवेशी के कथन से जान पड़ा कि वह रक्षा भी कर सकता है, तो क्या होगा? क्या वह स्वप्न की तरह डुबाएगा? हो सकता है, भक्त-वत्सला भवानी ने उसे इसीलिए भेजा हो कि उससे मेरी रक्षा ही हो। अतएव कपालकुंडला ने मुलाकात करने का ही निश्चय किया। बुद्धिमान ऐसा सिद्धांत करता या नहीं, इसमें

संदेह है, लेकिन यहां बुद्धिमानी से हमारा कोई संबंध नहीं है। कपालकुंडला कच्ची उम्र की थी, अतः उसने बुद्धि से विचार नही किया। उसने कुतूहली रमणी जैसा निर्णय किया; भीमकांत रूपराशि दर्शन लोलुप जैसा कार्य किया: वैशवन्यविहारिणी संन्यासीपालिता की तरह निर्णय किया और निर्णय किया दीपक शिखा पर पतित होने वाले पतंगे की तरह।

संध्या के बाद बहुत कुछ गृहकार्य समाप्त कर कपालकुंडला ने पहले की तरह वन की ओर प्रस्थान किया। यात्रा के समय कपालकुंडला ने अपने कमरे का दीपक तेज कर दिया है, लेकिन वह जैसे ही घर से बाहर हुई, दीपक बुझ गया।

यात्रा के समय कपालकुंडला एक बात भूल गई। ब्राह्मणवेशधारी ने किस जगह मुलाकात के लिए लिखा है? अतः पत्र पढ़ने की फिर आवश्यकता हुई। उसने लौटकर पत्र रखा हुआ स्थान ढूंढा, लेकिन वहां पत्र न मिला। याद आया कि उसने पत्र को अपने जूड़े में खोंस लिया था। अतः जूड़े में देखा, वेणी खोलकर देखा, लेकिन पत्र न मिला। घर के अन्य स्थानों को खोजा। अतएव पूर्व स्थान पर मिलने के ख्याल से निकल पड़ी जल्दी में उसने फिर अपने खुले बाल बांधे नही। अतः आज कपालकुंडला पहले की तरह ही उन्मुक्तकेश होकर चल पड़ी।

5

दरवाजे पर

संध्या से पहले जब कपालकुंडला गृहकार्य में लगी हुई थी, उसी समय वह पत्र जूड़े से खिसककर गिर पड़ा था। कपालकुंडला को पता न चला। उसे नवकुमार ने देख लिया। जूड़े से पत्र गिरते देख उन्हें आश्चर्य हुआ।

कपालकुंडला के वहां से हट जाने पर उन्होंने पत्र को पढ़ा, उसके पढ़ने से एक ही अर्थ संभव है– "जो बात कल सुनना चाहती थी, वह आज सुनेंगी?"

वह कौन-सी बात है? क्या प्रणय वाक्य? क्या ब्राह्मणवेशधारी मृण्मयी का उपपत्ति है? जो व्यक्ति पहली रात को घटना से अवगत नहीं है, यह केवल यही सोच सकता है।

स्वामी के साथ सती होने के समय अन्य किसी कारण से जब कोई जीता हुआ चितारोहण करता है और चिता में आग लगा दी जाती है तो पहले धुएं से उसके चारों ओर का स्थान घिर जाता है, फिर क्रमशः लकड़ियों के बीच से एक-दो अग्निशिखाएं सर्प की तरह उसके अंग पर आकर आक्रमण करती हैं, फिर अंत में ज्वालमालाएं चारों तरफ से घेर लेती हैं और शिरपर्यंत अग्नि पहुंचकर उसे दग्ध कर राख बना देती है।

पत्र पढ़ने पर नवकुमार का भी यही हाल हुआ। पहले समझे नहीं, फिर संशय, निश्चय, अंत में ज्वाला मनुष्य का हृदय एकबारगी दुःख या सुख बरदास्त नहीं कर सकता; क्रमशः ग्रहण कर सकता है। पहले तो धुएं ने नवकुमार को घेर लिया; इसके बाद अग्निशिखा हृदय पर ताप पहुंचाने लगी, अंत में हृदय भस्म होने लगा।

नवकुमार ने विचारकर देखा कि अब से पहले किन बातों में कपालकुंडला अबाध्य रही है। उन्होंने देखा कि वह स्वतंत्रता ही है वह सदा स्वतंत्र रही, जहां कहीं

घूमने गई-अकेली। दूसरों के द्वारा शिकायत करने पर भी नवकुमार ने कभी उस पर संदेह न किया, लेकिन आज वह सब याद कर उन्हें प्रतीति होने लगी।

यंत्रणा का प्रथम वेग निकल गया। नवकुमार एकांत में चुपचाप बैठकर रोने लगे, रोने के बाद कुछ स्थिर हुए। इसके बाद उन्होंने अपना कर्तव्य निश्चित किया।

आज वे कपालकुंडला से न कहेंगे। रात को कपालकुंडला जब यात्रा करेगी, तो उसका पीछा करेंगे और इसके बाद अपना जीवन त्याग देंगे। कपालकुंडला को कुछ न कहेंगे, बल्कि अपना प्राणनाश करेंगे।

ऐसा सोचकर वे कपालकुंडला के जाने की राह खिड़की द्वारा देखते रहे। कपालकुंडला के निकलकर जाने के बाद नवकुमार भी उठकर चले, लेकिन इसी समय कपालकुंडला फिर वापस आ गई।

नवकुमार यह देखकर धीरे से खिसक गए। कपालकुंडला के फिर बाहर होने पर, जब नवकुमार भी बाहर चले, तो उन्हें दरवाजे पर एक दीर्घाकार पुरुष खड़ा दिखाई दिया।

वह व्यक्ति कौन है; क्यों खड़ा है, जानने की कोई इच्छा नवकुमार को न हुई।

नवकुमार केवल कपालकुंडला पर निगाह रखे हुए चले, अतएव खड़े हुए मनुष्य की छाती पर धक्का देकर उन्होंने उसे दूर हटाना चाहा, लेकिन वह हटा नहीं।

नवकुमार ने कहा– "कौन हो तुम? हट जाओ, मेरी राह छोड़ो।

"आगंतुक बोला– "क्या पहचानते नहीं कि मैं कौन हूँ। "स्वर समुद्र तटवासी कापालिक जैसा प्रतीत हुआ।

नवकुमार ने और गौर से देखा वही पूर्वपरिचित–कापालिक!

नवकुमार चौंक उठे, लेकिन डरे नहीं। सहसा उनका चेहरा प्रसन्न हो गया। उन्होंने पूछा– "क्या कपालकुंडला तुमसे मिलने जा रही है?"

कापालिक ने कहा– "नहीं।"

आशा-प्रदीप जलते ही बुझ गया। नवकुमार का चेहरा फिर पहले जैसा हो गया, बोले– "तो तुम राह से हट जाओ।"

कापालिक ने कहा– "राह छोड़ दूंगा, लेकिन तुमसे कुछ कहना है, पहले सुन लो।"

नवकुमार बोले– "तुमसे मेरी कौन-सी बात है? क्या तुम फिर मेरे प्राण लेने आए हो? तो ग्रहण करो, इस बार मैं मना न करूंगा। तुम जरा ठहरो, मैं अभी

आता हूँ। मैंने क्यों न देवतुष्टि के लिए प्राण दे दिए। अब उसका फल भुगत रहा हूँ। जिसने मेरी रक्षा की थी, उसी ने नष्ट किया। कापालिक! अब अविश्वास न करो। मैं अभी लौटकर आत्म-समर्पण करता हूँ।"

कापालिक ने उत्तर दिया– "मैं तुम्हारे वध के लिए नहीं आया हूँ, भवानी की वैसी इच्छा नहीं। मैं जो करने आया हूँ, उसमें तुम्हारा भी अनुमोदन है। घर के अंदर चलो। मैं जो कहता हूँ, उसे सुनो।"

नवकुमार ने कहा– "अभी नहीं, फिर दूसरे समय सुनूंगा। तुम जरा मेरी उपेक्षा करो। मुझे बहुत जरूरी काम है, पूरा कर अभी आता हूँ।"

कापालिक ने कहा– "वत्स! मैं सब जानता हूँ कि तुम उस पापिनी का पीछा करोगे। मैं जानता हूँ, वह जा रही है। मैं अपने साथ तुम्हें वहां ले चलूंगा। जो देखना चाहते हो, दिखाऊंगा, लेकिन जरा मेरी बात सुन लो। डरो नहीं।"

नवकुमार ने कहा– "मुझे तुमसे कोई डर नहीं; आओ।"

यह कहकर नवकुमार कापालिक को लेकर अंदर गए और एक आसन पर उसे बिठाकर और स्वयं बैठते हुए बोले– "कहो!"

6

पुनर्वार्ता

कापालिक ने आसन ग्रहण कर अपनी दोनों बांहें नवकुमार को दिखाई। नवकुमार ने देखा कि उसके दोनों हाथ टूटे हुए थे। जिस रात कपालकुंडला के साथ नवकुमार कापालिक के आश्रम से भागे, उसी रात कापालिक उसे खोजने में व्यस्त बालियाड़ी के शिखर से गिरा था। गिरने के समय उसने शरीर-रक्षा के लिए दोनों हाथों का सहारा लिया। इससे उसका शरीर तो बच गया, लेकिन दोनों हाथ टूट गए। अपना सारा हाल कहकर कापालिक ने कहा– "इन हाथों द्वारा यद्यपि दैनिक कार्य हो जाते हैं, किंतु, इनमें अब बल नहीं है, यहां तक कि मैं लकड़ी भी नहीं उठा सकता।"

कापालिक पुनः बोला– "गिरते ही मैं जान गया कि मेरे दोनों हाथ टूट गए, लेकिन बाद में मैं बेहोश हो गया। पहले बेहोश और इसके बाद धीरे-धीरे जब मुझे ज्ञान हुआ तो मैं नहीं जानता था कि इस तरह मुझे कितने दिन बीते। शायद दो रातें और एक दिन था। सवेरे ही मैं फिर पूरी तरह होश में आया। इससे ठीक पहले मैंने स्वप्न देखा मानो भवानी...। "यह कहते-कहते कापालिक को रोमांच हो आया– "मेरे सामने प्रत्यक्ष आकर खड़ी हो गई हैं। भौहें टेढ़ी कर ताड़ना करती और कहती हैं-'अरे दुराचारी। तेरे ही चित्त की अशुद्धि के कारण मेरी इस पूजा में विघ्न हुआ है। इतने दिनों तक इंद्रिय-लालसा के वशीभूत होकर उस कुमारी के रक्त से तूने मेरी पूजा नहीं की। अतएव इसी कुमारी द्वारा तेरे सारे पूर्व कर्मों का नाश हो रहा है। अब मैं तेरी पूजा ग्रहण न करूंगी। 'इस पर मैं रोकर भगवती के चरणों पर लोटने लगा, तो उन्होंने प्रसन्न होकर कहा-'भद्र! इसका सिर्फ एक प्रायश्चित बताती हूँ। उसी कपालकुंडला का मेरे सामने बलिदान कर। जितने दिनों

तक तुमसे यह न हो सके, मेरी पूजा न करना।' कितने दिनों तक और किस प्रकार में आरोग्य हुआ, यह बताने की आवश्यकता नहीं है। क्रमशः आरोग्य लाभ करने के बाद मैं देवी की आज्ञा पूरी करने की कोशिश में लग गया, लेकिन मैंने देखा कि इन हाथों में एक बच्चे जैसा बल भी नहीं। बिना बाहुबल के यत्न सफल नहीं होगा। अतएव इसमें सहायता की आवश्यकता हुई। विदेशी और विधर्मी राज में इस बात में कौन सहायक हो सकता है। बड़ी कोशिश से पापिनी का निवास मालूम हुआ, लेकिन बाहुबल के अभाव से कार्य पूरा नहीं होता है। केवल मानससिद्धि के लिए होमादि करता हूँ। कल रात को मैंने स्वयं देखा कि कपालकुंडला के साथ ब्राह्मण कुमार का मिलन हुआ। आज भी वह उससे मिलने जा रही है। देखना चाहो, तो मेरे साथ आओ। वत्स! कपालकुंडला वध के योग्य है। मैं भवानी की आज्ञानुसार उसका वध करूंगा। वह तुम्हारे प्रति भी विश्वासघातिनी है, अतएव तुम्हें भी उसका वध करना चाहिए। अविश्वासी को पकड़ मेरे यज्ञ-स्थान पर ले चलो। वहां अपने हाथ से उसका बलिदान करो। भगवती का उसने जो अपकार किया है, इससे उसे उसका दंड मिलेगा, पवित्र कर्म से अक्षय पुण्य होगा; विश्वासघातिनी को दंड मिल जाएगा और मेरा प्रतिशोध पूरा हो जाएगा। यह कहकर कापालिक चुप हुआ।

नवकुमार कुछ न बोले तो कापालिक ने कहा– "अब चलो वत्स! जो दिखाने को कह चुका हूँ, दिखाऊंगा।" पसीने से तर नवकुमार कापालिक के साथ चल पड़े।

7

सपत्नी संभाषण

कपालकुंडला घर से निकलकर जंगल में जा घुसी। वह पहले उस टूटे घर में पहुंची। वहां ब्राह्मण से मुलाकात हुई।

दिन का समय होता तो कपालकुंडला देखती कि उसका चेहरा बहुत उत्तर गया है।

ब्राह्मणवेशी ने कपालकुंडला से कहा– "यहां कापालिक आ सकता है, आओ अन्यत्र चलें।"

जंगल में एक खुली जगह थी, चारों तरफ वृक्ष, बीच में चौरस, साफ और समतल मैदान था।

वहां बैठने पर ब्राह्मणवेशी ने कहा– "पहले मैं अपना परिचय दूं। मेरी बात कहां तक विश्वास योग्य है, स्वयं समझ सकोगी। जब तुम अपने स्वामी के साथ हिजली देश से आ रही थी, तो राह में एक यवन कन्या के साथ मुलाकात हुई थी। क्या तुम्हें याद है?"

कपालकुंडला बोली– "जिसने मुझे अलंकार दिए थे?"

ब्राह्मणवेशधारिणी ने कहा– "हां, मैं वही हूँ।"

कपालकुंडला को बड़ा आश्चर्य हुआ।

लुत्फुन्निसा ने उसका विस्मय देखकर कहा– "और सबसे बड़ी अचरज की बात है कि मैं तुम्हारी सौत हूँ।"

कपालकुंडला में चौंककर कहा– "है, यह कैसे?"

इस पर लुत्फुन्निसा ने शुरू से लेकर आखिर तक अपना परिचय दिया। विवाह, जातिनाश, स्वामी द्वारा त्याग, सप्तग्राम आगमन, नवकुमार से मुलाकात

और व्यवहार, गत दिवस जंगल में आना, होमकारी से मुलाकात आदि बातें वह क्रमशः कह गई।

इस पर कपालकुंडला ने पूछा– "तुमने किस अभिप्राय से हमारे घर छद्मवेश में आने की इच्छा की?"

लुत्फुन्निसा ने कहा– "तुम्हारे साथ पतिदेव का चिर-विच्छेद् कराने के लिए।"

कपालकुंडला गहरी सोच में पड़ गई और बोली– "यह कैसे सिद्ध कर पाती?"

लुत्फुन्निसा-तुम्हारे सतीत्व के प्रति तुम्हारे पति को संशय में डाल देती, लेकिन उसकी जरूरत नहीं; वह राह मैंने त्याग दी है। अतः अगर तुम मेरे कहे मुताबिक कार्य करो, तो सारी कामना सिद्ध हो; साथ ही तुम्हारा भी मंगल होगा।

कपालकुंडला कुछ आश्चर्यचकित होते हुए बोली– "होमकारी के मुंह से तुमने किसका नाम सुना था?"

लुत्फुन्निसा गंभीरता के साथ बोली– "वह होमकारी तुम्हारा ही नाम से रहा था। वह तुम्हारी मंगल या अमंगल कामना से होम कर रहा है, यही जानने के लिए प्रणाम कर मैं वहां जा बैठी। जब तक उसकी क्रिया समाप्त न हुई, मैं वहीं बैठी रही। के अंत में तुम्हारे के साथ होम का अभिप्राय पूछा। थोड़ी ही देर की बातों में मैं समझ गई कि होम तुम्हारी अमंगल कामना के लिए है। मेरा भी वही प्रयोजन था, मैंने यह भी बताया। परस्पर सहायता के लिए वचनबद्ध हुए, विशेष परामर्श के लिए भग्नकुटी में गए। वहां उसने अपना मनोरथ कहा कि तुम्हारी मृत्यु ही उसका अभीष्ट है। इससे मेरा कोई प्रयोजन नहीं। यद्यपि मैंने इस जन्म में पाप ही किए हैं, लेकिन में इतनी पतित नहीं हूँ कि एक निरपराध बालिका की हत्या की कामना करूं। मैं इस पर राजी नहीं हुई। इसी समय तुम वहां पहुंची। शायद तुमने कुछ सुना हो।"

कपालकुंडला ने विरक्त भाव से उसकी ओर देखते हुए कहा– "केवल तर्क मैंने सुना।"

लुत्फुन्निसा-उस व्यक्ति ने मुझे अबोध जानकर कुछ शिक्षा देनी चाही। अंत में क्या निश्चय होता है, यह जानने के लिए तुम्हें एकांत में बैठाकर में फिर वहां गई।

कपालकुंडला का स्वर जैसे अंधकूप से आ रहा था, उसने पूछा– "फिर लौटकर क्यों नहीं आई?"

लुत्फुन्निसा ने धीरे-धीरे समझाते हुए कहा– "ठीक है-कापालिक ने तुम्हारी प्राप्ति और पालन से लेकर तुम्हारे भागने तक का संपूर्ण हाल मुझे कह सुनाया।"

यह कहकर लुत्फुन्निसा ने कापालिक का शिखर से गिरना, हाथ टूटना, स्वप्न आदि सब कह सुनाया। स्वप्न की बात सुनकर कपालकुंडला चमक उठी; चित्त में चपलता भी हुई।

लुत्फुन्निसा ने कहा– "कापालिक की प्रतिज्ञा भवानी की आज्ञा का प्रतिपालन है। बाहु में बल नहीं है, इसलिए दूसरे की सहायता चाहता है। मुझे ब्राह्मणकुमार समझकर सहायता की आशा से उसने सब कहा। मैं अभी तक राजी नहीं हूँ। आगे भी राजी नहीं हो सकती। इस अभिप्राय से मैं तुमसे मिली हूँ, लेकिन यह कार्य भी मैंने केवल स्वार्थ से ही किया है। तुम्हें प्राणदान देती हूँ, लेकिन तुम क्या मेरे लिए कुछ करोगी?"

कपालकुंडला ने पूछा– "क्या करूं?"

लुत्फुन्निसा दृढ़ स्वर में बोली– "मुझे भी प्राणदान दो- स्वामी का त्याग करो।"

कपालकुंडला बहुत देर तक कुछ न बोली बहुत देर बाद बोली– "स्वामी को त्यागकर कहाँ जाऊंगी?"

लुत्फुन्निसा-विदेश में बहुत दूर। तुम्हें अट्टालिका दूंगी, धन दूंगी, दास-दासी दूंगी, रानी की तरह रहोगी।

कपालकुंडला फिर चिंता में पड़ गई। पृथ्वी पर चहुं ओर उसने मानसिक दृष्टि से देखा, लेकिन कोई मार्ग दिखाई नहीं दिया।

कपालकुंडला ने अंतःकरण में भली-भांति देखा-नवकुमार कहीं भी न थे, तो क्यों लुत्फुन्निसा की राह का कांटा बनूं, अतः बोली– "तुमने मेरी क्या सहायता की है, यह अभी समझ नहीं पाती हूँ। अट्टालिका, धन, दास, दासी नहीं चाहती। मैं तुम्हारे सुख में क्यों बाधा दूं? तुम्हारी इच्छा पूरी हो-कल से इस विमनकारिणी की कोई खबर न पाओगी। मैं वनचरी थी, वनचरी हो जाऊंगी।"

लुत्फुन्निसा आश्चर्य में पड़ गई। उसे अपनी बात कपालकुंडला द्वारा इतनी जल्दी स्वीकार कर लेने की आशा न की थी।

मोहित होकर लुत्फुन्निसा ने कहा– "बहन! तुमने मुझे जीवनदान दिया है, लेकिन मैं तुम्हें अनाथ होकर न जाने दूंगी। कल सवेरे मैं तुम्हारे साथ एक चतुर दासी भेजूंगी। उसके साथ जाना। वर्द्धमान में एक बहुत बड़ी प्रधान महिला मेरी मित्र हैं, वे तुम्हारी सारी इच्छा पूरी कर देंगी।"

कपालकुंडला और लुत्फुन्निसा इस प्रकार निश्चित होकर बातें कर रही थीं कि सामने कोई विघ्न ही नहीं। उनके स्थान से जो वन्यपथ आया था, उस पर खड़े होकर कापालिक और नवकुमार उन्हें तीखी दृष्टि से देख रहे थे, जबकि वे उन दोनों को देख ही नहीं रही थीं।

नवकुमार और कापालिक केवल इन्हें देख रहे थे, दुर्भाग्यवश इनकी बातें सुनने की परिधि से वे दूर थे।

कौन बता सकता है कि यदि मनुष्य की श्रवणेंद्रिय और आंखें मनुष्य के अंदर तक का हाल देख-सुन लेतीं तो मनुष्य का दुख वेग कम होता या बढ़ता।

लोग कहते हैं कि विधाता ने इस संसार की रचना अपूर्व कौशल और अद्भुत कल्पनाशक्ति के द्वारा की है।

नवकुमार ने देखा, कपालकुंडला के केश खुले हुए हैं, जब वह उनकी न हुई थी, तब भी वह वेणी न बांधती थी। उसके बाल इतने लंबे थे कि ब्राह्मणवेशी लुत्फुन्निसा से बातें करने के लिए वह उसके पास बैठी तो सारे बाल लुत्फुन्निसा की पीठ तक उड़कर जा रहे थे।

उन दोनों का ध्यान नवकुमार और कापालिक की ओर न था, लेकिन नवकुमार यह देखकर हताश हो जमीन पर बैठ गए। यह देखकर कापालिक ने अपने बगल में लटकता हुआ एक नारियल पात्र निकालकर कहा– "वत्स! बल खोते हो? हताश होते हो? लो, यह भवानी का प्रसाद पियो। पियो, बल प्राप्त करोगे।"

कापालिक ने नवकुमार के मुंह के पास पात्र लगा दिया।

नवकुमार ने अनमने होकर उसे पिया और दारुण प्यास दूर की। नवकुमार को यह मालूम न था कि यह पेय कापालिक की स्वयं तैयार की हुई तेज शराब है। उसे पीते ही बल आ गया।

उधर लुत्फुन्निसा ने पहले की तरह मृदु स्वर में कहा– "बहन! जो काम किया है, उसका बदला दे सकने की मेरी शक्ति नहीं है, फिर भी लंबे समय तक मैं तुम्हें याद करती रहूँ, तो यही मेरे लिए सुखकर होगा। मैंने सुना है कि जो अलंकार मैंने तुम्हें दिए थे, उन्हें तुमने गरीबों को दे डाला। इस समय मेरे पास कुछ नहीं है। कल दूसरा प्रयोजन सोचकर अपने साथ अंगूठी भर ले आई थी। भगवान की कृपा से उस पाप से दूर रही। यह अंगूठी तुम रखो। इसके उपरांत इस अंगूठी को देखकर तुम अपनी मुफलिस बहन को याद करना। आज यदि स्वामी पूछें कि यह अंगूठी कहां पाई, तो कह देना- लुत्फुन्निसा ने दी थी।"

यह कहकर लुत्फुन्निसा ने बहुत धन देकर खरीदी गई उस अंगूठी को उंगली से उतारकर कपालकुंडला के हाथ में दे दिया।

नवकुमार ने यह भी देखा।

कापालिक ने नवकुमार को पकड़ रखा था, उन्हें फिर कांपते देख फिर शराब पिलाई।

मदिरा नवकुमार के माथे पर पहुंचकर उनके प्रकृत स्वभाव को बदलने लगी। उसने स्नेहांकुर तक को उखाड़ फेंका।

कपालकुंडला लुत्फुन्निसा से विदा होकर घर की तरफ चल पड़ी।

नवकुमार और कापालिक ने लुत्फुन्निसा से छिपकर कपालकुंडला का अनुसरण किया।

8

घर की ओर

कपालकुंडला धीरे-धीरे घर की तरफ चली-बहुत ही धीरे मृदु-पादविक्षेप से इसका कारण यह था कि वह बहुत ही गहरी चिंता में डूबी हुई थी।

लुत्फुन्निसा की दी हुई खबर से कपालकुंडला का चित्त बिलकुल परिवर्तित हो गया था। वह आत्म-विसर्जन के लिए तैयार हो गई, लेकिन आत्म-विसर्जन किसलिए? क्या लुत्फुन्निसा के लिए? नहीं, यह बात नहीं।

कपालकुंडला अंत:करण से तांत्रिक की संतान है। जिस प्रकार तांत्रिक भवानी के प्रसाद के रूप में दूसरों की जान लेने का आकांक्षी है, वैसे ही वह भी उसी आकांक्षा से आत्म-विसर्जन के लिए तैयार है। कापालिक की वजह से कपालकुंडला केवल शक्ति प्रार्थिनी है यह बात नहीं, बल्कि असली कारण यह है कि संगति के प्रभाव के कारण वह देवी की श्रद्धा भक्ति में मन से अनुरागिनी है। वह मन में समझ चुकी है कि सृष्टिशासनकर्त्री और मुक्तिराजी एकमात्र भैरवी ही हैं।

यह सही है कि भैरवी पूजा में नर बलि के रक्त से प्रांगण भर उठता है, यह उसका पर-दुःखकातर हृदय सहने में असमर्थ है, किंतु और किसी कार्य में उसकी भक्ति भावना कुंठित नहीं है। उन्हीं जगतशासनकर्त्री, सुख दुःख- विधायिनी मोक्षदायिनी भगवती ने स्वप्न में उसे आत्म-विसर्जन का आदेश दिया है, फिर कपालकुंडला क्यों न उस आज्ञा को माने?

हम-तुम प्राण त्याग नहीं करना चाहते। बड़े प्रेम से जो कहते हैं कि यह संसार सुखमय है, सुख की ही आशा से बैल की तरह बराबर घूम रहे हैं- दुःख की प्रत्याशा से नहीं। कहीं यदि आत्मकर्म दोष से इस प्रत्याशा में सफलता प्राप्त न की तो दुःख कहकर हम चिल्लाने लगते हैं, किंतु ऐसा होने से ही नियम नहीं बनाया जा सकता, ऐसा सिद्धांत होता है। इसे नियम का व्यतिक्रम माना गया है। हमें तुम्हें हर जगह

सुख ही है। उसी सुख से संसार में हम बंधे हुए हैं, छोड़ना नहीं चाहते, लेकिन इस संसार बंधन में प्रणय ही प्रधान रस्सी है।

कपालकुंडला के लिए वह बंधन ही नहीं, बल्कि कोई भी बंधन नहीं, फिर कपालकुंडला को कौन रोक सकता है? जिसके लिए बंधन नहीं है, वही सबसे अधिक बलशाली है। गिरिशिखर से नदी के उतरने पर कौन उसका गतिरोध कर सकता है? एक बार आंधी आने पर उसे कौन रोक सकता है: कपालकुंडला का चित्त डांवाडोल हो जाए, तो उसे कौन स्थिर कर सकता है? युवा हाथी के मस्त हो जाने पर उसे कौन शांत कर सकता है?

कपालकुंडला ने अपने हृदय से पूछा-'अपने इस शरीर को जगदीश्वरी के लिए क्यों न समर्पण करू? पंचभूत को रखकर क्या होगा?'

वह प्रश्न करती थी, लेकिन कोई निश्चित उत्तर न दे सकती थी। संसार में और कोई भी बंधन न होने पर पंचभूत का बंधन तो है ही।

कपालकुंडला नीचा सिर किए चलने लगी। जब मनुष्य का हृदय किसी बड़े भाव में डूबा रहता है, तो उस समय चिंता की एकाग्रता में बाहरी जगत की तरफ ध्यान नहीं रहता। उस समय अनैसर्गिक वस्तु भी प्रत्यक्षीभूत जान पड़ती है। इस समय कपालकुंडला की ऐसी ही अवस्था थी।

उसके कानों में आकाशवाणी के रूप में मानो ऊपर से एक स्वर सुनाई पड़ा- 'वत्से! मैं राह दिखाती हूँ।'

कपालकुंडला चकित होकर ऊपर देखने लगी। देखा मानो आकाश में मूर्ति है, गले में लटकने वाली नरमुंड माला से खून टपक रहा है; कमर में नरकरराजि झूल रही है; बाएं हाथ में नरकपाल; अंग में रुधिरधारा; ललाट पर विषम उज्ज्वल ज्वाला विभासित है और लोचन प्रांतों में बालशशि शोभित है; मानो दाहिने हाथ से भैरवी कपालकुंडला को बुला रही हैं।

अब कपालकुंडला ऊर्ध्वमुखी होकर चली। वह अद्भुत देवी रूप आकाश में उसे राह दिखा रहा था, कभी कपालमालिनी का अंग बादलों में छिपता, कभी सामने प्रकट होकर चलता।

कपालकुंडला उन्हीं को देखती हुई चलने लगी।

नवकुमार या कापालिक ने यह सब कुछ न देखा। नवकुमार ने सुरा गरल प्रज्ज्वलित हृदय से कपालकुंडला के धीरपदक्षेप से असहिष्णु होकर साथी से कहा– "कापालिक!"

कापालिक ने पूछा– “क्या?”

“मुझे पीने को दो।”

कापालिक ने नवकुमार को फिर शराब पिलाई।

नवकुमार ने पूछा– “अब देर क्यों?”

कापालिक ने भी कहा– “हां-हां, कैसी देर?”

नवकुमार ने भीमनाद से पुकारा– “कपालकुंडला!”

कपालकुंडला सुनकर चकित हुई। अभी तक यहां उसे कपालकुंडला कहकर किसी ने पुकारा न था। वह पलटकर खड़ी हो गई। नवकुमार और कापालिक उसके सामने आकर खड़े हो गए। कपालकुंडला पहले उन्हें पहचान न सकी, बोली– “तुम लोग कौन हो? यमदूत?”

लेकिन दूसरे ही क्षण पहचानकर बोली– “नहीं-नहीं, पिता! क्या तुम मेरी बलि देने के लिए आए हो?”

नवकुमार ने मजबूती के साथ कपालकुंडला का हाथ पकड़ लिया।

कापालिक ने करुणार्द्र, मधुर स्वर में कहा– “वत्से! हम लोगों के साथ आओ।” यह कहकर कापालिक श्मशान की राह दिखाता आगे चला।

कपालकुंडला ने आकाश की तरफ फिर निगाह उठाई, जिधर उस भैरवी की विकराल मूर्ति को देखा था, उधर देखा। देखा, रण-रंगिणी खिलखिलाकर हंस रही है कपालकुंडला अष्टविमूढ़ की तरह कापालिक का अनुसरण करती चली। नवकुमार उसी तरह उसे पकड़े हुए साथ ले चले।

9

प्रेत भूमि में

चंद्र अस्त हो गए तो विश्वमंडल पर अंधकार का परदा पड़ गया। कापालिक ने जहां अपना पूजा स्थान बनाया था, वहीं कपालकुंडला को वह ले गया। गंगा तट पर एक ओर बृहत् बालू की भूमि है। उसके सामने ही एक ओर बहुत बड़ी रेतीली भूमि है-यहीं श्मशान है। दोनों रेतीली भूमियों के बीच जल बढ़ने के समय पानी रहता है। भाटे के समय नहीं रहता इस समय भी नहीं है।

श्मशान भूमि का जो हिस्सा गंगा तट पर जाता है, वह किनारे पर जाकर बहुत ऊंचा हो गया है, उसके नीचे अगाध जल है। अविरल वायु प्रवाह के कारण किनारा कभी-कभी खिसककर गंगा में गिरा करता है। पूजा के स्थान पर दीपक न था केवल जलती लकड़ी से प्रकाश हो रहा था ऐसा प्रकाश, जो उस स्थान की भयानकता को बढ़ा रहा था। पास में ही पूजा, होम, बलि का सारा सामान मौजूद था।

विशाल नदी का हृदय अंधकार से पूर्ण था। चैत्र मास की वायु गंगा को विक्षुब्ध बनाए हुई थी। इस कारण कल-कल नाद दिक्मंडल में व्याप्त हो रहा था। श्मशान के शवभक्षक पशु रह-रहकर चिल्ला पड़ते थे।

कापालिक ने नवकुमार और कपालकुंडला को उपयुक्त स्थान पर बैठाया और स्वयं पूजा में लग गया। उस समय उसने नवकुमार को आदेश दिया कि कपालकुंडला को स्नान करा लाएं।

नवकुमार कपालकुंडला का हाथ पकड़े रेत पार कर स्नान कराने चले। उनके पदभार से राह में पड़ी हड्डियां टूटने लगी।

नवकुमार के पदाघात से श्मशान का एक कलश भी टूट गया, उसके पास ही एक शव पड़ा हुआ था हत्भागे का किसी ने संस्कार तक न किया था। दोनों

के ही पद से उसका स्पर्श हुआ। कपालकुंडला उसे बचाकर निकल गई, लेकिन नवकुमार उसे पददलित कर गए। शवभक्षक पशु चारों तरफ घूम रहे थे। दोनों जन को वहां उपस्थित देखकर वे सब चिल्ला उठे। कोई आक्रमण करने आया, तो कोई भाग गया।

कपालकुंडला ने देखा कि नवकुमार का हाथ कांप रहा है। कपालकुंडला स्वयं निर्भय निष्कंप थी।

कपालकुंडला ने पूछा– "स्वामिन्! क्या डर लगता है?"

नवकुमार का मदिरामद क्रमशः क्षीण होता जा रहा था। गंभीर स्वर में नवकुमार ने कहा– "मृण्मयी नहीं!"

कपालकुंडला ने फिर पूछा – "तब कांपते क्यों हो?"

यह प्रश्न कपालकुंडला ने जिस स्वर में किया, वह केवल रमणी हृदय से ही संभव था। जब रमणी का हृदय दुःख से कातर होता है, तभी ऐसा स्वर निकलता है। कौन जानता था कि साक्षात् श्मशान में ऐसी आवाज कपालकुंडला के मुंह से निकलेगी।

नवकुमार ने कहा– "भय से नहीं। रो नहीं पाता हूँ; क्रोध से कांपता हूँ।"

कपालकुंडला ने पूछा-रोओगे क्यों?"

फिर वही कंठ!

नवकुमार बोले– "क्यों रोऊंगा? तुम क्या समझोगी? मृण्मयी! तुम तो कभी सौंदर्य देखकर उन्मत्त हुई नहीं।" कहते-कहते पीड़ा से नवकुमार का गला भर गया– "तुम तो कभी अपना कलेजा स्वयं काटने के लिए श्मशान आई नहीं मृण्मयी!" यह कहते-कहते सहसा नवकुमार चीख-चीखकर रोते हुए कपालकुंडला के चरणों पर गिर पड़े।

नवकुमार पुनः बोले– "मृण्मयी! कपालकुंडला! मेरी रक्षा करो! मैं तुम्हारे पैरों पर गिरकर रोता हूँ-एक बार कह दो, तुम अविश्वासिनी नहीं हो एक बार कहो तो मैं तुम्हें हृदय में बिठाकर घर ले चलूं।"

कपालकुंडला ने हाथ पकड़कर नवकुमार को उठाया है और मृदु स्वर में कहा– "तुमने तो मुझसे पूछा नहीं।"

जब ये बातें हुई, तो दोनों तट पर आ खड़े हुए। कपालकुंडला आगे थी, उसके पीछे जल था। जल का उच्छ्वास शुरू हो गया था, कपालकुंडला एक दूहे पर खड़ी थी। उसने जवाब दिया– "तुमने तो मुझसे पूछा नहीं।"

नवकुमार ने पागलों की तरह कहा– "अपना चैतन्य खो चुका हूँ-क्या पूछूँ मृण्मयी! बोलो बोलो; मुझे बचाती हो तो घर चलो।"

कपालकुंडला ने कहा– "जो तुमने पूछा है, तो बताती हूँ। आज जिसे तुमने देखा वह पद्मावती थी। मैं अविश्वासिनी नहीं हूँ। यह वचनस्वरूप कहती हूँ, लेकिन मैं घर न जाऊंगी। भवानी के चरणों में देह विसर्जन करने आई हूँ-निश्चय ही करूंगी। स्वामिन्! तुम घर लौट जाओ। मैं अवश्य मरूंगी- मेरे लिए रोना नहीं।"

"नहीं मृण्मयी! नहीं!" यह कहकर दोनों हाथ पसारकर नवकुमार कपालकुंडला को हृदय से लगा लेने के लिए आगे बढ़े, लेकिन कपालकुंडला को वे पा न सके।

चैत्र की वायु के एक झोंके से एक जल तरंग ने उस दूहे पर तेजी से टक्कर मारी, जिस पर कपालकुंडला खड़ी थी। वह दूहा कपालकुंडला के साथ तेज आवाज करता हुआ नदी के जल में जा गिरा।

नवकुमार ने भीषण आवाज सुनी और साथ ही कपालकुंडला को नदी में अंतर्हित होते देखा। तुरंत वे भी एक छलांग लगाकर जल में जा गिरे। नवकुमार अच्छी तरह तैरना जानते थे। बहुत देर तक तैरते डुबकी लगाते, कपालकुंडला को खोजते रहे। उन्होंने कपालकुंडला को न पाया तो स्वयं भी जल से न निकल पाए।

उस अनंत गंगा प्रवाह में वसंत की वायु विक्षुब्ध वीथियों के बीच आंदोलित होते हुए कपालकुंडला और नवकुमार न जाने कहां चले गए!

लेखक के बारे में

बंकिमचन्द्र चट्टोपाध्याय (चटर्जी) की कलम ने भारतीयों को अंग्रेजी दासता से मुक्ति का मार्ग दिखाया। गुलामी की जंजीरों को तोड़ने का साहस जगाया। 'वंदेमातरम' उनके अकूत देशप्रेम की ही अभिव्यक्ति है, जो 'राष्ट्रीय गीत' के रूप में सुशोभित है।

भारतीय जनमानस पर उनकी गहरी छाप दिखाई देती है। इसमें कोई दो राय नहीं कि आजादी के मतवालों ने उनसे प्रेरणा न ली हो।

वह उन शीर्षस्थ बंगला उपन्यासकारों में से एक हैं, जिनकी लेखनी ने बंगाल-साहित्य ही नहीं, हिन्दी-साहित्य को भी समृद्ध किया। उनके खाते में 15 उपन्यास दर्ज हैं, लेकिन कोई भी कृति किसी से कम या ज्यादा नहीं है।

नारी के विरह और अंतर्वेदना को उन्होंने मानसिक नहीं, साहसिक तरीके से उकेरा है, जो ज़िन्दा दिलों में हलचल पैदा करती है। स्त्री के भीतर प्रेम जब फूटता है तो पूरा उपवन महकता है। देवी चौधरानी, दुर्गेश नंदिनी, कपालकुंडला, मृणालिनी, चंद्रशेखर, इसके उत्कृष्ट उदाहरण हैं।

उन्होंने भारतीय इतिहास को समझाने के लिए नव-दृष्टि प्रदान की है। यही कारण है कि वह ऐतिहासिक उपन्यासों के कथानकों को भी रोचक तरीके से प्रस्तुत करते हैं। वे ऐतिहासिक उपन्यास लिखने में सिद्धहस्त थे, उनकी इस विधा के आगे कोई नहीं ठहरता। साहित्य जगत में उन्हें भारत का एलेक्जेंडर ड्यूमा कहा जाता है। लेकिन बंगला के इस शीर्षस्थ उपन्यासकार को नारी का पक्षधर और साहसिक कहना ज्यादा उचित होगा।

LIST OF TITLES WITH ISBN NO.

ISBN	TITLE
9788194914129	1984
9789390575220	1984 & Animal Farm (2In1)
9789390575572	1984 & Animal Farm (2In1): The International Best-Selling Classics
9789390575848	35 Sonnets
9789390575329	A Clergyman's Daughter
9789390575923	A Study In Scarlet
9789390896097	A Tale Of Two Cities
9789390896837	Abide in Christ
9789390896202	Abraham Lincoln
9789390896912	Absolute Surrender
9789390896608	African American Classic Collection
9789390575305	Aldous Huxley: The Collected Works
9789390896141	An Autobiography of M. K. Gandhi
9789390575886	Animal Farm
9789390575619	Animal Farm & The Great Gatsby (2In1)
9789390575626	Animal Farm & We
9789390896158	Anna Karenina
9789390575534	Antic Hay
9789390896165	Antony & Cleopatra
9789390896172	As I Lay Dying
9789390896226	As You like it
9789390575671	At Your Command
9789390575350	Awakened Imagination
9789390575114	Be What You Wish
9789390896233	Believe In yourself
9789390896998	Best of Charles Darwin: The Origin of Species & Autobiography
9789390896684	Best Of Horror : Dracula And Frankenstein
9789390575503	Best Of Mark Twain (The Adventures of Tom Sawyer AND The Adventures of Huckleberry Finn)
9789390896769	Black History Collection
9789390575756	Brave New World, Animal Farm & 1984 (3in1)

9789390896240	Brother Karamzov
9789390575053	Bulleh Shah Poetry
9789390575725	Burmese Days
9789390896257	Bushido
9789390896066	Can't Hurt Me
9788194914112	Chanakya Neeti: With The Complete Sutras
9789390896042	Crime and Punishment
9789390575527	Crome Yellow
9789390575046	Down and Out in Paris and London
9789390896844	Dracula
9789390575442	Emersons Essays: The Complete First & Second Series (Self-Reliance & Other Essays)
9789390575749	Emma
9789390575817	Essential Tozer Collection - The Pursuit of God & The Purpose of Man
9789390896578	Fascism What It Is and How to Fight It
9789390575688	Feeling is the Secret
9789390575190	Five Lessons
9789390575954	Frankenstein
9789390575237	Franz Kafka: Collected Works
9789390575282	Franz Kafka: Short Stories
9789390575060	George Orwell Collected Works
9789390575077	George Orwell Essays
9789390575213	George Orwell Poems
9788194914150	Greatest Poetry Ever Written Vol 1
9788194914143	Greatest Poetry Ever Written Vol 1
9789390896301	Gulliver's Travel
9789390575961	Gunaho Ka Devta
9789390575893	H. P. Lovecraft Selected Stories Vol 1
9789390575978	H. P. Lovecraft Selected Stories Vol 2
9789390896059	Hamlet
9789390575022	His Last Bow: Some Reminiscences of Sherlock Holmes
9789390896134	History of Western Philosophy
9789390575121	Homage To Catalonia

9789390896219	How to develop self-confidence and Improve public Speaking
9789390896295	How to enjoy your life and your Job
9789390575633	How to own your own mind
9789390896318	How to read Human Nature
9789390896325	How to sell your way through the life
9789390896370	How to use the laws of mind
9789390896387	How to use the power of prayer
9789390896028	How to win friends & Influence People
9788194824176	How To Win Friends and Influence People
9789390896103	Humility The Beauty of Holiness
9789390896653	Imperialism the Highest Stage of Capitalism
9789390575084	In Our Time
9789390575169	In Our Time & Three Stories and Ten poems
9789390575145	James Allen: The Collected Works
9789390896189	Jesus Himself
9789390575480	Jo's Boys
9789390896394	Julius Caesar
9789390575404	Keep the Aspidistra Flying
9789390896400	Kidnapped
9789390896424	King Lear
9789390575824	Lady Susan
9789390896455	Law of Success
9789390896264	Lincoln The Unknown
9789390575565	Little Men
9789390575640	Little Women
9788194914174	Lost Horizon
9789390896462	Macbeth
9789390896929	Man Eaters of Kumaon
9789390896523	Man The Dwelling Place of God
9789390896349	Man The Dwelling Place of God
9789390575909	Mansfield Park
9788194914136	Manto Ki 25 Sarvshreshth Kahaniya
9789390896509	Marxism, Anarchism, Communism
9789390575664	Mathematical Principles of Natural Philosophy

9788194914198	Meditations
9789390575800	Mein Kampf
9789390575794	Memory How To Develop, Train, And Use It
9789390896486	Mind Power
9789390896585	Money
9789390575039	Mortal Coils
9789390575770	My Life and Work
9789390896035	Narrative of the Life of Frederick Douglass
9789390575152	Neville Goddard: The Collected Works
9789390575985	Northanger Abbey
9789390896530	Notes From Underground
9789390896547	Oliver Twist
9789390575459	On War
9789390575541	One, None and a Hundred Thousand
9789390896554	Othelo
9789390575435	Out Of This World
9789390575015	Persuasion
9789390575510	Prayer The Art Of Believing
9789390575091	Pride and Prejudice
9789390896561	Psychic Perception
9789390575381	Rabindranath Tagore - 5 Best Short Stories Vol 2
9789390575367	Rabindranath Tagore - Short Stories (Masters Collections Including The Childs Return)
9789390575374	Rabindranath Tagore 5 Best Short Stories Vol 1 (Including The Childs Return
9789390896622	Romeo & Juliet
9789390896127	Sanatana Dharma
9789390575596	Seedtime & Harvest
9789390896639	Selected Stories of Guy De Maupassant
9789390575206	Self-Reliance & Other Essays
9789390575176	Sense and Sensibility
9789390575299	Shyamchi Aai
9789390896738	Socialism Utopian and Scientific
9789390896646	Success Through a Positive Mental Attitude
9789390575428	The Adventures of Huckleberry Finn

9789390575183	The Adventures of Sherlock Holmes
9789390575343	The Adventures of Tom Sawyer
9789390896691	The Alchemy Of Happiness
9789390575862	The Art Of Public Speaking
9789390896288	The Autobiography Of Charles Darwin
9788194914181	The Best of Franz Kafka: The Metamorphosis & The Trial
9789390575008	The Call Of Cthulhu and Other Weird Tales
9789390575107	The Case-Book of Sherlock Holmes
9789390896110	The Castle Of Otranto
9789390896745	The Communist Manifesto
9789390575589	The Complete Fiction of H. P. Lovecraft
9789390575497	The Complete Works of Florence Scovel Shinn
9789390896820	The Conquest of Breard
9789390896813	The Diary of a Young Girl
9789390896332	The Diary of a Young Girl The Definitive Edition of the Worlds Most Famous Diary
9789390575701	The Great Gatsby, Animal Farm & 1984 (3In1)
9789390575312	The Greatest Works Of George Orwell (5 Books) Including 1984 & Non-Fiction
9789390575992	The Hound of Baskervilles
9789390896707	The Idiot
9789390896714	The Invisible Man
9789390575657	The Knowledge of the holy
9789390575558	The Law & the Promise
9789390896721	The Law Of Attraction
9789390896776	The Leader in you
9789390896363	The Life of Christ
9789390896196	The Man-Eating Leopard of Rudraprayag
9789390896783	The Master Key to Riches
9789390575268	The Memoirs Of Sherlock Holmes
9789390896479	The Midsummer Night's Dream
9789390575466	The Mill On The Floss
9789390896790	The Miracles of your mind
9789390896660	The Mutual Aid A Factor in Evolution
9789390896448	The Origin of Species

9789390896905	The Peter Kropotkin Anthology The Conquest of Bread & Mutual Aid A Factor of Evolution
9789390896806	The Picture of Dorian Gray
9789390896271	The Picture of Dorian Gray
9789390575275	The Power Of Awareness
9789390896356	The Power of Concentration
9788194824169	The Power of Positive Thinking
9789390575411	The Power of the Spoken Word
9788194914105	The Power Of Your Subconscious Mind
9789390896899	The Power of Your Subconscious Mind
9789390896417	The Principles of Communism
9789390575787	The Psychology Of Mans Possible Evolution
9789390896615	The Psychology of Salesmanship
9789390575732	The Pursuit of God
9789390575398	The Pursuit of Happiness
9789390896851	The Quick and Easy Way to effective Speaking
9789390575947	The Return Of Sherlock Holmes
9789390575138	The Road To Wigan Pier
9789390896981	The Root of the Righteous
9789390575855	The Science Of Being Well
9788194914167	The Science Of Getting Rich, The Science Of Being Great & The Science Of Being Well (3In1)
9789390896011	The Screwtape Letters
9789390896073	The Screwtape Letters
9789390575336	The Secret Door to Success
9789390575695	The Secret Of Imagining
9789390896868	The Secret Of Success
9789390896431	The Seven Last Words
9789390575930	The Sign of the Four
9789390896004	The Sonnets
9789390896516	The Souls of Black Folk
9789390896875	The Sound and The Fury
9789390575244	The State and Revolution
9789390896882	The Story of My Life
9789390896936	The Story Of Oriental Philosophy

9789390896752	The Strange Case of Dr. Jekyll and Mr. Hyde
9789390896943	The Tempest
9789390575916	The Valley Of Fear
9789390575879	The Wind in the willows
9789390896080	The Wind in the willows
9789390575763	Their eyes were watching gofd
9789390575831	Three Stories
9789390896950	Twelfth Night
9789390896592	Twelve Years a Slave
9789390896677	Up from Slavery
9789390896974	Value Price and Profit
9789390896967	Wake Up and Live
9789390896493	With Christ in the School of Prayer
9789390575602	Your Faith is Your Fortune
9789390575473	Your Infinite Power To Be Rich
9789390575251	Your Word is Your Wand
9789390575718	Youth
9789391316099	A Christmas Carol
9789391316105	A Doll's House
9789391316501	A Passage to India
9789391316709	A Portrait of the Artist as a Young Man
9789391316112	A Tale of Two Cities
9789391316747	A Tear and a Smile
9789391316167	Agnes Gray
9789391316174	Alice's Adventures in Wonderland
9789391316136	Anandamath
9789391316181	Anne Of Green Gables
9789391316754	Anthem
9789391316198	Around The World in 80 Days
9789391316013	As A Man Thinketh
9789391316242	Autobiography of a Yogi
9789391316266	Beyond Good and Evil
9789391316761	Bleak House
9789391316778	Chitra, a Play in One Act
9789391316310	David Copperfield

9789391316075	Demian
9789391316785	Dubliners
9789391316051	Favourite Tales from the Arabian Nights
9789391316235	Gitanjali
9789391316068	Gravity
9789391316150	Great Speeches of Abraham Lincoln
9789391316662	Guerilla Warfare
9789391316839	Kim
9789391316822	Mother
9789391316211	My Childhood
9789391316846	Nationalism
9789391316327	Oliver Twist
9789391316853	Pygmalion
9789391316334	Relativity: The Special and the General Theory
9789391316389	Scientific Healing Affirmation
9789391316341	Sons and Lovers
9789391316587	Tales from India
9789391316372	Tess of The D'Urbervilles
9789391316396	The Awakening and Selected Stories
9789391316402	The Bhagvad Gita
9789391316303	The Book of Enoch
9789391316228	The Canterville Ghost
9789391316907	The Dynamic Laws of Prosperity
9789391316006	The Great Gatsby
9789391316860	The Hungry Stones and Other Stories
9789391316433	The Idiot
9789391316440	The Importance of Being Earnest
9789391316297	The Light of Asia
9789391316914	The Madman His Parables and Poems
9789391316457	The Odyssey
9789391316921	The Picture of Dorian Gray
9789391316464	The Prince
9789391316938	The Prophet
9789391316945	The Republic
9789391316518	The Scarlet Letter

9789391316143	The Seven Laws of Teaching
9789391316525	The Story of My Experiments with Truth
9789391316532	The Tales of the Mother Goose
9789391316549	The Thirty Nine Steps
9789391316594	The Time Machine
9789391316600	The Turn of the Screw
9789391316983	The Upanishads
9789391316617	The Yellow Wallpaper
9789391316426	The Yoga Sutras of Patanjali
9789391316990	Ulysses
9789391316624	Utopia
9789391316679	Vanity Fair
9789391316020	What Is To Be Done
9789391316686	Within A Budding Grove
9789391316693	Women in Love